蓮梨花

大神的潛入者

TAKASAGO PROJECT

大神休悟

十七歲少年，擁有一頭罕見的灰白髮色。雖然他具有大神一族血脈，卻由於混血的「不純」使得能力低下，被族人稱為「最弱」而遭放逐。目前待在紅巾軍勢支援班，但實則私底下行蹤成謎。

紅王

被稱為「赤色的奇蹟」、紅巾軍勢的總長。數年前創立了紅巾軍勢，憑藉著高超的武技與謀略，開創了高砂反抗分子前所未有的優勢局面。使用一把名為「飛火」的銃劍，不僅能操縱「氣」，並能賦予其「火」的屬性。

治奧竹光

高砂總督，擅長謀略的老頭子，屬性是「雷」的武者。身為治奧一族的他，窮盡一生侍奉天皇、護衛國家；雖然奉命要拿下紅巾軍勢，卻也是為了守護殖民地的人民而戰，可惜慘遭奸人陷害。

大神左馬太

高砂鎮壓軍司令，與治奧竹光的政治立場相左，屬性是「土」的武者。大神一族的他受天皇之命，埋藏於黑暗，活在影子之中。他明面上掌控著特殊殲滅部隊「隱密別動」，實則在暗中籌畫著某個秘密行動。

禮梨

十七歲的紅髮少女，是個充滿毅力與勇氣的武鬥派，擅使一把名為「梨花」的銃槍。她為了代替身體虛弱的哥哥完成已故父親解放高砂的宿願，不斷的鍛鍊自己並努力作戰。屬紅巾軍勢特攻班。

梧桐

十八歲少年，禮梨的哥哥，屬紅巾軍勢支援班，負責各種補給工作及武器保養，是「梨花」和「飛火」這兩件兵器的製作者。他的個性相當溫柔、擅長照顧人，與同為支援班的休悟是好友。

爪磨鬼

隸屬帝國軍暗殺行動組織「隱密別動」。總是一臉詭魅微笑、説著輕浮調侃話語的高瘦男子，使用利爪戰鬥，戰鬥風格嗜血瘋狂，有掏出敵人心臟作為戰利品的喜好。很想挑戰紅王。

CONTENTS

序章
紅巾軍勢

三面環山、東臨太平洋的平原地區，這裡是位於高砂地方東北的蘭縣。由於位處帝國軍與反抗勢力的交戰區，居民大多往其他地區搬遷，殘留下的居民也因為害怕遭受波及而將門戶深鎖，空無一人的街道讓整座城市宛如空城一般。

高砂的氣候，即使在寒冬時分的夜晚也不會下雪。在這空有寒冷卻毫無點綴的夜裡，鄰近於早已停駛的高架電車線路旁，依稀還能看見在上頭維修的幾個工人。

一處軍營入口處的沉重鐵柵門紋風不動，配合著整座軍營散發出隱隱的沉重氣息。而一輛駛來的軍用吉普車緩緩的停在入口檢查點，後面還跟著數輛運載軍用物資的貨櫃車。

「開門。」

低沉粗厚的嗓音響起，吉普車後座身著軍官軍服、略顯年邁的男人說著。

吉普車駕駛座與副駕駛座個別坐著一名運輸兵。

「遠山大尉，歡迎歸營。」

檢查點的士兵一眼就認出坐在吉普車後座上的軍官是營長，那沉重的鐵柵門也隨之向兩側敞開。

「說起來那些紅圍巾的反抗分子還真頑強啊……怪不得北都本部支援了那麼多物資啊。」另一名士兵看著接連駛進庫房的貨櫃車，有點感嘆的說著。

「在我看來只是那些次等公民的苟延殘喘罷了。」士兵不以為然的說著，在指揮一輛貨櫃車進入之後，緩緩的將入口的鐵柵門關閉。

自日之本帝國取得高砂這塊土地的殖民權、並為解決人口問題讓帝國人民大量移居起，已歷經了超過一個世紀。

雖然透過皇民化同化了大多數高砂人，但意識上，在帝國子民眼中的高砂人仍是所謂的「次等公民」，在社會的各個角落遭受相當的歧視，因此造就了反抗帝國殖民的許多武裝反抗分子。他們引起的抗爭在一個世紀中未曾間斷，但卻始終只是小規模的暴動、恐怖攻擊程度。

直到現今，名為「紅巾軍勢」的武裝反抗團體崛起，藉由數次武裝起義，如今已掌握了高砂東部、緊鄰於蘭縣南方的臥蠶縣一帶。隨著他們的崛起，幾個尚有規模的反抗團體也隨之鼓噪，陸續掌握了高砂東南的鹿野縣一帶。

對帝國來說，如今高砂東岸的情勢是必須即時鎮壓的。

其中，最為危險的果然還是「紅巾軍勢」——那個由「紅王」所領導的反抗勢力。

◎◆◎◆◎◆◎

庫房中，彈藥、糧食、零件，四處堆放著各種軍用物資。陸續停妥的整整八輛貨櫃車，彷彿呼應了反抗分子的強悍。庫房內的需品兵們紛紛行動。

「這次支援了這麼多啊……」庫房內的需品兵長向從其中一輛貨櫃車下車的、頗為壯碩的運輸兵如此說道。

「這還用說，你們的對手可不是普通強悍啊。」運輸兵只是冷冷回答。

同時，約一個分隊人數的需品兵陸續將貨櫃車的集裝箱開啟。

「不過就是些垂死掙扎的高砂人罷了……那個、你臉上是怎麼回事？」需品兵長一邊說道，一邊注意到了運輸兵那軍帽帽簷的陰影下，臉上特別的刺青紋路。

然後……

「勇士的象徵。」

語畢，運輸兵如磐石的拳頭猛然湊上了需品兵長的臉頰，沾著鮮血的數枚牙齒和牙齒的主人一齊狠狠落地。同時，周圍開啟了貨櫃車門的需品兵們紛紛發出了相同的哀號並且昏厥倒地。

隨著不斷從貨櫃車躍下的身影聚集，有著黥面以及稍深膚色的壯漢將身上的軍服脫下，露出了和周圍身影們同樣的象徵——綁在右臂那紅色的絲帶。

此時，坐在軍用吉普車後座，不久前還被稱為「遠山」的軍官緩緩將軍帽摘下，接著像是脫下面具般將原本老邁的臉皮從臉上剝離，露出了屬於少年的臉龐，是一名有著略顯灰白頭髮的少年。

「成功蒙混過關了呢。」少年用原本屬於自己的嗓音，對著前座的駕駛兵說道。

只見駕駛兵也將軍帽拿下，原本被盤起的頭髮隨之落下，那是一頭火紅且充滿光澤的長髮。紅色長髮的主人是一位少女，看起來大概是高中生的年紀。

紅髮少女沒有回應，只是迅速的扛起吉普車置物箱中被捆裝包裹著的不明武器，然後下車。

「行動吧，拉厚克。」來到被稱為拉厚克的黥面男人身旁，看著庫房內倒地的需品兵們，紅髮少女一手撐著武器、一手將長髮束成馬尾，沉穩的說道。

「早就迫不及待大幹一場了！禮梨。」拉厚克雙拳交擊，一副熱血沸騰的模樣，回應著名為禮梨的紅髮少女。

「特攻班的各位，讓帝國軍們知道……」禮梨將垂在右肩的馬尾向後撥開，在馬尾停止晃動的瞬間，被解開包裹的不明武器露出了面貌——一把有著精緻花紋的銃槍。

「紅巾軍勢登門造訪了。」

綁著紅巾的眾人們隨之熱血鼓噪，行動開始了。

「為紅王帶來一場勝利吧！」

「呼……完全被冷落了嘛。」吹了下額前的灰白瀏海，獨自坐在吉普車上的少年——休悟，無奈的說道。

「這也沒辦法，畢竟阿休是我們支援班的嘛。」用安慰的口氣對休悟說著，吉普車副駕駛座的少年一邊用手輕拍了休悟的肩膀幾下。少年有著一頭和禮梨相同髮色的頭髮。

這名少年年齡應該和休悟差不多，但相較之下體格卻顯得瘦弱許多。雖然休悟也說不上精壯就是了。

「算了，反正我也不想做些可能會丟了小命的事，在這裡搬東西還來得安全多了，你說是吧？梧桐。」休悟一派輕鬆的對被稱為梧桐的少年說道。

「真像是阿休會說的話呢！嘛、開始動作吧，時間可是很緊迫的。」梧桐回道，帶著微微苦笑親切的回應。

兩人隨即步下吉普車，開始了支援班的工作。

而屬於大神休悟的行動，也從這一刻開始了。

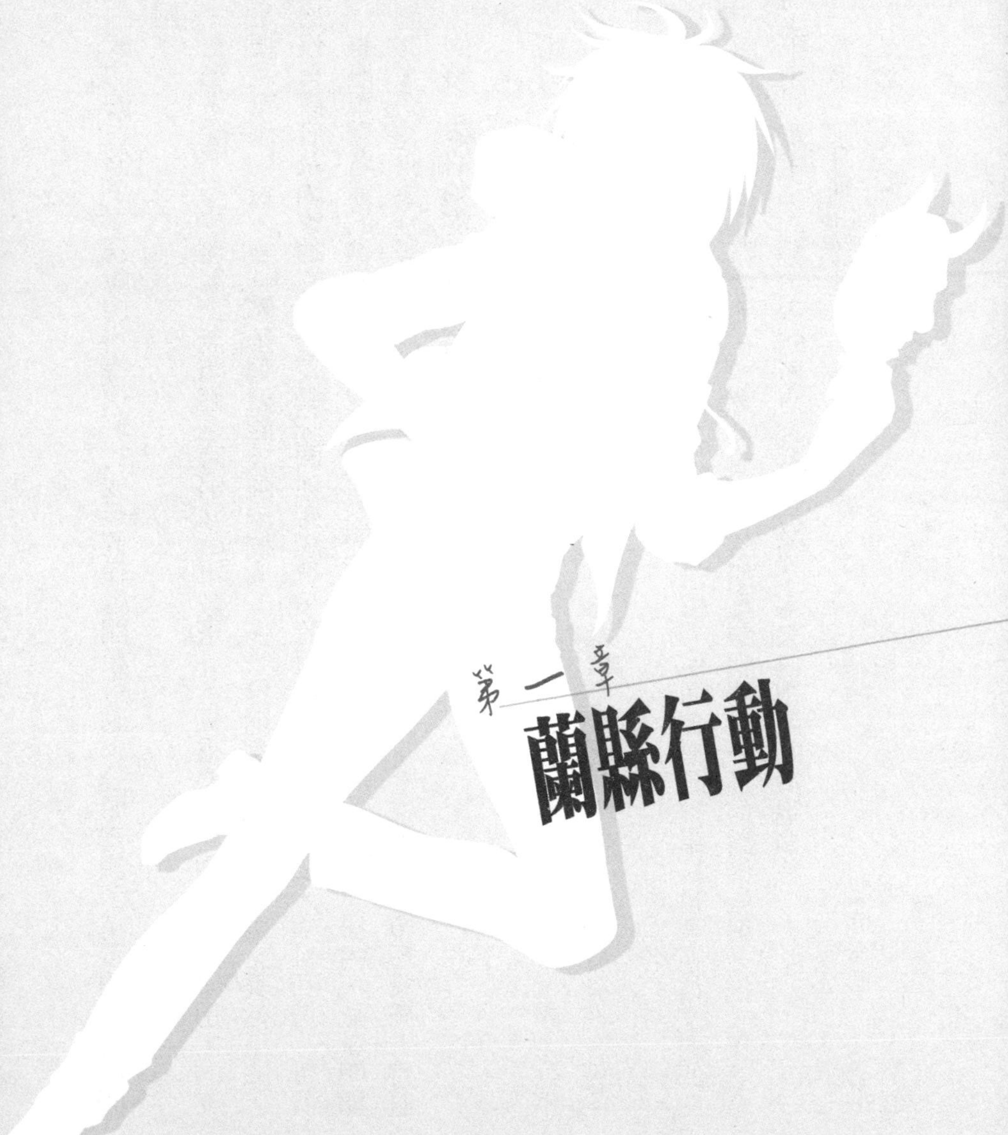

第一章 蘭縣行動

成功的占據了軍營庫房，特攻班的成員們紛紛開始行動，分頭奇襲了軍營的各處展開戰鬥。

這麼做除了多少趁著毫無防備之時消除敵軍數量外，更重要的目的是掩護庫房內的支援班搜刮軍用物資。多一顆子彈就能多殺一個人，多一份糧食就能多讓一個士兵活下去，這對沒有政府及國家的支援、咬緊牙關與帝國抗爭的反抗勢力尤其重要。

整座軍營各處的槍響、榴彈聲不斷。然而，這座被當成奇襲據點的庫房內，氣氛明顯平靜許多。紅巾軍勢支援班的成員們，紛紛以最快的速度將庫房中的軍用物資搬上貨櫃車，同時，還必須隨時應付需要彈藥支援的特攻班同伴們。

此刻，原本應該身為支援班一員的休悟，卻身著一襲有著通信兵軍徽的帝國士兵軍服，站在離主要戰區較遠的軍營通信室中，而原本負責這間通信室的士兵則昏厥在一旁的牆角。

假借為前線支援彈藥的藉口來到這裡，休悟撐著運送彈藥的推車打量著通信室內的四周，而那些彈藥則被隨手丟在一旁。他用手槍胡亂的朝著對外通信設備亂射一把，接著拿起了軍用無線電，向頻道內的所有士兵們發布了「來自總部的撤退命令」。

當然，那是他胡謅的。

果然，連我都能輕鬆侵入呢！

由於遭到意想不到的內部突襲，人力的調動都往戰區集中，因此這裡的防備就薄弱了許多。

讓紅巾們順利侵入軍營內部發動突襲，第一時間藉由撤退命令減少帝國兵傷亡，到目前為止都照著老頭的計畫進行，接下來……就是紅巾們的完美撤退了。

太好了，這樣就算達成老頭的任務了吧。

換下了軍服，推起了空推車，休悟踏起步伐返回庫房，準備隨著紅巾軍勢撤退。

不久後，休悟來到了接近庫房之處，迎面而來的是熟悉的身影。

「呼……在這裡見到你真好，聽說帝國兵都撤退了，我們也該撤離了。」梧桐雙手撐著膝蓋、半彎著身子說道，氣喘吁吁的樣子。

「真抱歉，剛剛去為前線支援彈藥的時候差點碰上帝國兵，花了點時間擺脫。」休悟隨口胡謅。

「不要緊……不過，能再去前線一次嗎？幫我通知特攻班們撤退嗎？不知道為什麼，我們的無線電無法使用了，似乎是訊號被遮斷了。」梧桐上氣不接下氣的說著，臉上帶著些許緊張。

「怎麼會……好！我馬上去！」休悟似乎因為不祥的變數停頓了一會，隨即拔腿往前線戰區邁步。

訊號被遮斷……是我剛剛破壞通信室導致的嗎?怎麼可能!再怎麼樣也不會是紅巾的訊號被遮斷。如果計畫被打亂就糟了,在還沒失去控制之前,得趕快才行!

一邊奔跑一邊思考,莫名的變數讓休悟的表情顯得焦躁,不安的感覺在心中慢慢的擴散開來。休悟緊握著滿是手汗的拳頭,很快來到了交戰區,也就是位於庫房與軍營生活區之間的演練場。

不過,情況似乎不太對勁。

◎◆◎◆◎◆◎

演練場上,由於休悟製造的撤退命令,已經幾乎沒有帝國兵的蹤影,能看見的都是倒在血泊中無法動彈的屍體。

「想不到竟然夾著尾巴撤退了,這群帝國狗!」輕拍著厚實的雙手,拉厚克嘲諷道。

一旁的紅巾眾們也因為輕鬆的勝利,個個帶著愉悅的神情。

「太輕鬆了,輕鬆的詭異。」附近的禮梨面無表情端詳著四周,將銃槍扛在肩上,用低沉的語調說道。

「怎麼看都是被我們的強悍嚇著了,沒什麼好意外的。」拉厚克用高傲的語氣回應,臉上的刺青隨著笑容浮動。

「各位，支援班應該裝載完成了，往庫房移動準備撤離。」只見禮梨一臉不以為然的表情，接著冷靜的對紅巾眾下達指令。

此時！周圍的地面驟變，無風的操練場黃土地突然颳起沙塵，像是要遮蔽敵人視線般，在空氣中滾盪旋轉的沙塵越捲越烈，宛如擁有生命一般。

「什麼玩意兒……！」與紅巾眾們被團團圍困在怪異的沙塵暴中，拉厚克用捆著繃帶的粗壯左臂擋在眼前，右手則緊握著拳。

而禮梨則冷靜的將身體調整成備戰狀態，將手中厚重的銃槍打橫舉起、保護雙眼免受沙塵侵擾，保持著最低限度的視線。

不久後，像是要迎接什麼出場一般，沙塵暴緩緩的停下，一粒粒的沙塵重新受到地心引力的牽引而回歸操練場的地面。只是，原本不存在的身影們卻默然佇立在演練場的黃土地上。

重新恢復了視線，包括互相掩護著對方後方的拉厚克與禮梨，在短短的幾秒內紅巾眾們不發一語的觀望四周。

「飛槍丸妳瞧，高砂小賊們嚇破膽的樣子。」

劃破了沉默，帶著調侃語氣的聲音飄揚著。聲音的主人所持有的、佩戴在十隻手指前端如指甲般的銀色利器，折射了月光打在拉厚克臉上。

這是一個帶著詭魅微笑的高瘦男子。

「我好想收工。」像是催促般，用手上與身高不符的長槍輕敲地面，禮梨前方看起來有些矮小的少女打著哈欠回應。

身著同樣的黑色裝束，約三十人左右的身影從發言的兩人雙側排排佇立，個個手持利刃，確實的將紅巾眾們團團包圍。所謂的暗殺者似乎就是用來形容這樣的一群人。

「埋伏嗎……不知道哥哥那邊……！」緊握著手中隨時蓄勢待發的銃槍，此刻也無暇顧慮他人的禮梨咬著牙暗語，靜待著對手的行動。

「有趣啊！……大夥上！」無視未從慌亂中恢復的紅巾眾們，拉厚克臉上及四肢上的刺青隨著繃帶爆散隱隱發出微光，率先揭開了戰鬥劇的簾幕。

「殲滅紅巾軍勢。」用有點感到無趣的語氣發號司令，爪磨鬼伸出的右手食指點燃了周圍忍者們的殲滅行動。

側身旋轉躲過了利刃，刀鋒驚險的僅隔幾公分之差，從禮梨的咽喉邊緣游移而過。只見禮梨藉著旋轉的力道，將銃槍的槍刃狠狠送往前方敵人的胸膛，那貫穿了身體的銀色刀刃，其下方的槍口隨著禮梨扣下扳機，連續送出了好幾發的子彈，紛紛擊中周圍的其他暗殺者。

接著禮梨用腳猛然的朝早已成為屍體的敵人腹部一踹，被拔出的銃槍染著鮮血，以禮梨為圓心劃出了斬擊，美麗的圓弧就此被刻在周圍的數名暗殺者身上。

而方才差點割開禮梨咽喉的那把利刃，握著它的對手在下一秒被拉厚克一把抓住衣領，如熊般的臂力推送著右拳隨即碎裂了脆弱的胸腔。

此時，左方另一名暗殺者趁勢襲來，卻早一步被拉厚克用左掌鎖住了喉頭，剎那間如狼般的咬力斷裂了暗殺者的頸骨。

只見拉厚克染紅的雙拳互擊，伴隨而來的是一陣咆哮，震懾了周圍的暗殺者們幾個毫秒，而那些瞬間則為他們帶來了死亡。

有別於其他的紅巾眾，拉厚克與禮梨面對猛然襲來的埋伏，依舊展示著應有的戰力。那超越一般常人範疇的戰鬥姿態，和過去同樣幫助紅巾軍勢締造奇蹟的戰技，在夜空下熠熠閃耀著。

比起約三十人的「隱密別動」，紅巾眾的人數稍微多了一些。但即便如此，由平民組成的紅巾眾，對上經過特別訓練的隱密別動，其兩者之間的戰力差距卻還是危險的影響著戰局。

「看起來有些意思！該動動身體了！」看著活躍的兩人，爪磨鬼深感興趣的說道。

「可以不要嗎？」幾乎沒有思考，一臉倦容的飛槍丸回答。

「受不了了……好想趕快看看他們的心臟長什麼樣子！」十隻戴著利器的手指頭像是不聽控制般的扭動著，加上因為喜悅而扭曲抽動的臉部肌肉，爪磨鬼帶著些病態的氣息如此渴求著。

接著，他身子稍稍向前傾斜，然後如疾風般的向前襲去。

「好吧。」輕嘆了口氣，雙臂像是無力般的垂在膝蓋上方，毫無架式的將槍提著，飛槍丸用幾乎是散步的姿態踏入戰場。

◎◆◎◆◎◆◎

演練場不遠處，休悟躲在建築的轉角處作為掩護。將緊張與不安重重的掛在臉上，滿身冷汗的他窺探著在不遠處展開的戰鬥。

特殊殲滅部隊，「隱密別動」。

為什麼這班傢伙會在這出現？老頭完全沒提到啊……計畫改變了嗎？

不可能，如果真是這樣，老頭一定會通知我的。

現在該怎麼辦？要繼續原本的計畫嗎？

不可能，現在別說是過去通知特攻班撤退了，搞不好呼吸聲大點都會被發現然後斷送小命。

就算笑著說「呵呵，其實我是自己人」也不一定有用。

怎麼辦怎麼辦怎麼辦怎麼辦怎麼辦怎麼辦怎麼辦怎麼辦怎麼辦？

到了最後，任務果然還是失敗了嗎？

事到如今……只有先逃出去再說了。

好！就這麼辦！

正當休悟在心中做出決定，準備尋找出路脫身之際，從背後不遠處傳來的、原本應該守在庫房等待撤退的支援班，他們的呼喊鎖住了休悟的腳步。

「糟了！整個軍營外面都是帝國兵！」

「整座軍營都被先前撤退的帝國兵包圍了！」

諸如此類的話語從休悟的背後傳來，支援班成員帶來的絕望像是瀑布般的一股腦從休悟頭頂暴衝而下。在還來不及思考原本的撤退命令為什麼變成包圍命令之前，休悟首先意識到的事情是……

「糟了！這下全完了！」

察覺到了聲響，數個隱密別動脫離了戰鬥的主舞臺，在寒冬的夜空下如鬼魅般的從約三十公尺遠的前方襲向休悟！

◎◆◎◆◎◆◎

「這個不好！這個不好！這個不好！」

隨興的在人群中跳躍，像是挑水果一般，爪磨鬼雙手分別闖進一個又一個紅巾眾的胸口中，甚至將還在顫動的心臟掏了出來，瞧了一眼後便不滿的隨意丟掉。有時甚至連隱密別動的同伴都不小心慘遭毒手。

「嘿嘿……就是你了，勇敢的戰士，你的一定很美麗。」最終，爪磨鬼來到了拉厚克面前，因為笑容而整個彎起來的嘴就跟天上的月亮一樣。

「讓人噁心的傢伙……」雖然不至於恐懼，但拉厚克在看見眼前對手的瞬間，還是感到一股涼意。然而，沸騰中的戰意隨即取代了這種感覺，臉上及四肢的刺青紋樣隱隱閃亮。

拉厚克的勇猛來自於自然中的凶獸猛禽之力。拉厚克出生的高砂原生部族，擅長將能吸取在大地上流動的、飛鳥走獸之力的刺青固定在肉體上，藉由引發其力量讓肉體獲得瞬間的特化。

這種力量，在西方被稱為「精靈」，在東方被稱為「氣」。

下一瞬！如豹腿般的爆發力，將拉厚克騰空送到了爪磨鬼的上風處，劃破空氣的直拳隨即揮出！

但這拳卻撲了個空。

為了閃避而微蹲的爪磨鬼，右手的銀爪此時準備闖進由於滯空而失去施力點無法閃避的拉厚克之左胸！

別說是心臟了，連肌肉的觸感都沒有，爪磨鬼收回只能感覺到空氣的右手，抬頭看著以倒立姿態緊抓著自己肩膀的拉厚克，感受到拉厚克全身的重量都疊加在自己的雙肩上。

「怪胎……給我摔到地上！」

剎那間天地逆轉！拉厚克翻身雙腳著地，緊抓著爪磨鬼的肩將他重摔在地！隨即拉厚克拉起右臂，將右拳往爪磨鬼臉上爆裂！

凶悍的一拳擊出，傳回來的卻是大地的觸感。如鷹般的目光中，爪磨鬼早側身翻轉，滾到了拉厚克的左側，五道閃耀的銀光倏忽而來！

「把心臟交出來！」

狂妄的笑語在感受到肌肉的觸感後停止，不過卻什麼也沒能握住。爪磨鬼的利爪劃過了拉厚克的左臂，在上面刻下了三道痕跡。憑藉雙腳爆發力的拉厚克及時與爪磨鬼拉開了距離。

「如果是在老子的部落，你這種怪胎的頭就算拿去獻祭，祖靈肯定也會生氣的。」拉厚克一邊握著左臂傷口，一邊重整了姿態。

「越來越想要了，你的心臟！」即使背部的疼痛讓身體微微的顫抖著，爪磨鬼仍帶著將近撕裂顏面的笑容。

脊椎傳來的哀號、左臂淌落的鮮血，是在僅僅數秒的交鋒中留下的證明。

面無表情慵懶的漫步，無視周遭發生的無數戰鬥，如入無人之境。飛槍丸拖曳著與身形相比顯得巨大的長槍，似乎一點也不怕受到波及的來到了禮梨面前。

「殺了妳應該就夠了吧。」飛槍丸面無表情的說著。

直白的開場白換來的是數枚子彈的攻擊，禮梨用攻擊代替招呼，在開了幾槍後，以彈幕當作掩護向前突進！

只見飛槍丸用看似瘦弱的右手，輕鬆的胡亂甩著長槍，但卻將子彈確實的統統彈開，身體的其他部位連動也沒有動。下一秒，她終於伸出了一直攤放在大腿旁的左手，雙手撐著槍桿，擋下了禮梨強襲的槍刃後，接著猛然向右甩開。

似乎在瞬間感到了危機般，禮梨隨即向後連躍了幾步。只見飛槍丸托著槍桿底端，那槍尖就停留在禮梨眼前數公分處，禮梨接著又向後躍了幾步。如果剛才稍微慢了點，現在禮梨的頭已經被貫穿了。

「好快……」一邊迅速的替銃槍換上最後一塊彈匣，禮梨忍不住輕聲脫口。一滴冷汗從鼻梁冷冽的滑過。

「嗯，我想快點收工。」明明說著想儘快解決的話，但卻沒有打算主動進攻的樣子。收回了長槍，飛槍丸回到了原本的姿態。

「不會讓妳得意太久的。」緊接著，禮梨抬起銃槍邁開了步伐，以飛槍丸為圓心快步的圍繞著移動。她手中的銃槍時不時發出了彈幕，在子彈離開槍口直到被飛槍丸擋下的時間差中，尋找著接近的契機。

面對緊湊的攻勢，飛槍丸被迫雙手持槍跟著轉動身體，雖然拿槍的架式一點也沒有變，卻還是擋下了每一發穿破空氣表面的子彈。

數秒的攻防，禮梨的戰術讓她多接近了飛槍丸幾步，但戰術卻也隨著時間倒數而漸漸失效。

「妳的子彈，快沒了。」飛槍丸一邊穩穩的抵擋，一邊道破事實。

確實，禮梨剛剛填上的彈匣是最後一塊，現在的情況也不可能得到支援班的彈藥補給，子彈用盡的禮梨只能選擇退開或是進攻，因此在彈藥用盡的那一瞬，就是飛槍丸出手之時。

如果禮梨選擇進攻，會因為長槍的攻擊範圍比銃槍長而早一步遭刺，如果選擇退開，飛槍丸也絕對有足夠的時間回防擋下，就算他不進也不退，飛槍丸也有用極限攻擊距離擊中他的自信。

禮梨取勝的機會眼看正在一點一滴的流失。

「喀嚓。」

終於，銃槍發出了彈盡援絕的聲響。

就在這個瞬間，兩人同時停下腳步！

隨著注定的時刻到來，飛槍丸的槍尖無聲的衝出！而禮梨既沒有前進也沒有後退，只是隔著距離空揮銃槍。

時間在兩人的瞳孔中彷彿被瞬間放慢十倍般，長槍槍尖緩緩的隨著飛槍丸托著的槍柄底端向前推進，其距離絕對能夠將處在極限攻擊範圍內的禮梨刺穿。

只是，飛槍丸看見了，數道挾著氣流、劃破空氣的斬擊穿過了槍尖，圍繞並沿著槍桿，既像數隻飛鳥又像梨花綻放般的掠風而來！

是氣。

不同於拉厚克的勇猛來自於吸收外在的、流動的氣的力量，禮梨驅使的，是蘊藏於人類肉體中的氣。所有人類的身體中都有著氣的流動，而少部分極具天資或長年潛心鍛鍊體內之氣的人們，擁有著比一般人都還要大量的氣，禮梨便是後者。

配合著正確的呼吸步調釋放出身體中的氣，再藉由揮斬槍刃讓氣藉其具體成形並且擊發。這是像禮梨那樣持續著鍛鍊的武者才能辦到的，凌駕於常理以上的武技。

感到威脅的飛槍丸當機立斷的將槍尖下壓落地，用長槍撐起嬌小的身軀，藉由滯空來閃躲這波攻勢。

在被十倍放慢的時間中，飛槍丸躲過的斬擊掠過了豎立的長槍，在鐵銀色的槍桿上留下幾道痕跡。緊接著，飛槍丸攀下槍桿，眼見禮梨已經趁勢強襲而來，飛槍丸反手握槍及時擋住了這一擊！

尖銳的金屬碰撞聲在空氣中爆了開來，同時敲開了原本被凍結放慢的時間！

禮梨的攻勢如閃電般展開，飛槍丸將動態視力最高程度的發揮，確實擋下了每一擊！

不過短短的幾秒鐘，完全進入了近身戰的兩人展開了數十次的猛烈攻防，幾乎每個呼吸都是一次考驗。

在同時感覺到危機並判斷必須重整攻勢的瞬間，兩人雙雙向後彈開！

「看來得再認真點了。」飛槍丸重整姿態，淡然說道。

拉厚克與禮梨分別抵抗著比起其餘的暗殺者、明顯有著不同層次實力的難纏對手。

然而，任誰的眼睛來看現在的戰局，在營區被包圍因此不可能有增援的情況，加上士兵基礎戰力的懸殊，對快要無法支撐下去的紅巾眾們是絕對的不利。

必須有些什麼，在傷亡繼續增加前阻止這一切。

◎◆◎◆◎◆◎

軍營外，是營區內的帝國士兵所組成的包圍網，此處依稀能聽見從軍營裡傳來的激烈戰鬥聲響。

原本這些士兵在收到了命令後是必須撤離的，但在這之後，突然出現的隱密別動捎來了總部直署的令文。於是，副營長奉命帶領士兵守住了營區的外圍，目的是確保今天入侵營區的反抗勢力都必須被隱密別動殲滅。

「千萬別鬆懈了，連一隻老鼠都不能溜出來。他們不可能增援，因為周圍十里的道路全被封鎖了，就算增援的傢伙硬闖也來不及營救裡面的反抗分子！」副營長在寒冷的空氣中叮囑著士兵穩定軍心，每一句話都在冷空氣中嘆出了白霧。

此時，某種似乎是金屬摩擦的聲響與熟悉的機器運轉聲，漸漸覆蓋了營區內的躁動聲，慢慢的漸近而來，越來越大聲，越來越大聲。

「什麼聲音？」

「報告，似乎是電車。」

「嗯……」

嗯，仔細一聽果然是電車的運轉聲。

但是，這莫名的違和感是怎麼回事？

不對……

不對啊……由於蘭縣位處與反抗軍的交戰區，電車應該已經停駛了才對，就連鄰近的臥蠶縣也是……

正當副營長的思考之旅進行之際，隨著越來越近也越來越大的電車聲，象徵著全速前進的車頭燈火，在不遠處的高架電車線路上拖曳著光芒。

然後——

◎◆◎◆◎◆◎

「糟了！這下全完了！」

察覺到了聲響，數個隱密別動脫離了戰鬥的主舞臺，在寒冬的夜空下如鬼魅般的從約三十公尺遠的前方準備襲向休悟。

該拔腿就跑嗎？

不可能啊！我絕對跑不贏的！

事到如今也真的只能試試笑著說「呵呵，其實我是自己人」了。

休悟做好了決定，舉起了雙手並且跪膝在地。

怎麼可能成功啊……

這下死定了！

「砰砰砰砰砰砰砰砰砰！」

「……！？」

隨著軍營外傳來的一連串猛烈撞擊聲，幾乎同一時間大量的哀號與驚叫像是合奏般的發出。

不僅休悟的注意力被吸引往合奏的方向看去，就連隱密別動們也停下了腳步，呆然的看著圍牆外的方向。

原本分秒都在死亡邊緣掙扎的戰場也全都停下了。

拉克厚與爪磨鬼，禮梨與飛槍丸，所有人的目光都被吸引了。

從軍營圍牆外傳來的微弱光火隨著秒針的推進越來越清晰，直到那片軍營圍牆像是被砸爛的豆腐般碎裂之時，才能真正看清那道光火的真面目。

原來是一列電車啊！

原來是一列脫軌的電車啊！

就像蜈蚣般野蠻的硬是攀下了高架線路，直直衝進軍營的電車啊！

失速又失控的電車衝破了圍牆。早已超越摩擦極限的車輪在地面拖曳出無數如流星般耀眼的火光，加上持續亮著耀眼紅色的車頭警示燈，巧妙的將整列原本不應該在地面出現的電車裝扮得有如怪獸一般。

「我在做夢嗎？」不知道該怎麼反應的休悟，只是面無表情的將心中所想的第一件事脫口而出。

無法停下的電車怪獸狠狠衝進軍營，直闖原本激烈的交戰區，在猛然揚起的沙塵中依稀可見後面跟著好幾輛貨櫃車。

此刻，交戰區中的人們紛紛忘了原本的戰鬥，只是急忙的逃往一旁，避免慘死在這列怪獸的腳下。

最後，電車車頭毫無懸念的撞進了軍營中的建築，強烈的撞擊甚至撼動了地面，整個車頭深深的陷進建築中。而無辜遭受重擊的水泥建築，也因此顯得有些搖搖欲墜，一副隨時都會崩塌的樣子。

就這樣，長長的一列電車失去了繼續前進的動力，並且剛好橫跨了整座演練場，就像是一條死去的大蟲子躺在中間，將演練場截成兩半。

揚起的沙塵淹沒了整座演練場，建築被嚴重破壞造成了演練場的照明失去電力。就連一開始從沙塵中登場的隱密別動，也因為毫無預兆的喪失光源而陷入混亂。

然後，紅巾眾們熟悉的聲音，在耳邊響起了。

「全員，掩護同伴展開撤離行動！夥伴們……勝利已是我們囊中之物！」

隨著那令人感到安心的、令人感到振奮的、令人感到充滿勇氣的聲音響起，紅巾眾們模糊的視線中，黑壓壓的身影們紛紛從電車車廂以及另一側的數輛貨櫃車中躍出。

而從休悟以及支援班所處的地點，可以清楚的看見身為援軍的夥伴的身影，還有站在電車車頂的，那個聲音的主人。

竟然用這種方式增援，那傢伙……

果然是個瘋子。

一個多麼令人羨慕的瘋子。

總是在最關鍵的時刻出現，總是進行著絕對是瘋狂程度的行動，總是創造了奇蹟，總是披著那火紅色的袍、戴著那副遮蔽面孔的鬼面。

幾乎沒有人真正親眼看過他的樣子，那個徹頭徹尾的狂人，建立了這一切的傢伙，紅巾軍勢的總長——

「是紅王大人！」

「有救了！這下絕對有救了！」

「紅王大人果然又大幹了一場啊！」

不久前還因為被包圍而陷入慌亂的支援班成員們，面對精神支柱的到來，隨即又重新恢復生氣鼓舞了起來。

依舊跪膝在地沒有起身的休悟，動也動不了，根本也無力去想這完全從計畫中失控的發展是怎麼回事。

他只是呆看著不遠處的紅王，那個身影……

相較之下，現在跪坐在地的自己簡直像個笨蛋一樣。

那人光是存在就能鼓舞眾人，幾乎與奇蹟劃上等號，跟什麼都做不成、總是不被需要的自己完全是不同次元的存在。

跟這個「最弱」的自己天差地遠。

「支援班的，呆跪在那幹嘛！還不快去把貨櫃車開來！」

打破了休悟的思考，一陣女聲凌厲的掠到休悟耳邊，將他從呆滯的思慮中拉回現實。

眼前的女人，雖然年紀也才差不多二十左右，卻渾身散發著成熟的氣質，有著和禮梨一樣的堅強眼神，卻是完全不同類型的個性，就像冰山一樣。

鳳仙——紅王的副手，紅巾軍勢的副總長。

聽見了鳳仙的催促，休悟趕忙起身，會同了其他支援班的成員，迅速邁開步伐往庫房奔去。

他一邊奔跑，一邊將原本滿載的危機感拋了一地。

而失落感，則是隨著每一步越踏越重。

「全員，掩護同伴展開撤離行動！夥伴們……勝利已是我們囊中之物！」

隨著紅王的一聲號令，原先被困在沙塵中的紅巾眾們有了行動，不顧還未取回的視覺，紛紛在增援的掩護下朝電車的方向狂奔。

當然，禮梨和拉厚克也不例外，雖然戰鬥還沒分出結果，但在這之前更為優先的是紅王的指令。

在模糊不清的世界中，跨步邁進的禮梨完全不知道原因，某種毛骨悚然的涼意迅速的從腳底爬上她整個背部。但是在無法掌握視覺的情況下，禮梨只能放任著毫無防備的後方，死命的往前奔跑。

禮梨的感覺沒有錯。

隱密別動始終是受過專業訓練的部隊，在取回視覺的速度終究快過紅巾眾們，尤其是其中的上位者——

爪磨鬼與飛槍丸。

雖然無法確定，但禮梨隱約能感覺到那股氣息，因為恐懼而被放大好幾倍的……更為讓人恐懼的氣息。

沒錯，那兩個怪物就在後方。

「紅王的……我要我要我要我要我要！」接近撕裂的瘋狂。

「殺死紅王，放長假。」一貫直白的發言。

分別劃破沙塵的利爪與槍尖，越過了禮梨的兩側，像流星與彗星般直闖紅王所在的方向，雙雙挾帶著致命的氣勢闖出了沙塵！

竟然……越過了自己……

但是，比起所謂的屈辱感，無法不去面對的卻是因為死裡逃生所帶來的微微喜悅——在瞬間意識到了自己的無力與弱點，禮梨卻也無法停下腳步，只能緊握著拳。

然而，闖出了沙塵的兩人，看著原本應該存在著目標的電車車頂，卻是空無一人。

取而代之的是從身後傳來的，似乎在微微顫抖的空氣。

爪磨鬼與飛槍丸猛然回頭。

隨著像是拔刀術般的技法，一道如彎月般的斬擊，從紅王腰間被抽出的劍刃末端擊發！當中還挾帶著幾發子彈。

兩人在不到半秒的時間內做出反應，紛紛往兩側地面狼狽的撲倒，接著趕緊藉由滾翻挺起身體，迅速調整戰鬥姿態。

似乎不願施捨喘息的機會般，紅王隨即朝右方接連扣下刀柄上的扳機，數枚子彈襲捲著氣流襲向飛槍丸。

而爪磨鬼則趁此空隙從左方進攻。

此時剛剛完成擊發的紅王毫不稍作停留，一個轉身順勢將劍刃往爪磨鬼的方向揮去！破空的一枚子彈，擦過了來不及抵擋的飛槍丸右臂，留下一道不算淺的傷痕。而凌厲的斬擊粉碎了爪磨鬼用來抵擋的、左手指尖裝備的利刃。

最後，紅王趁著兩人還沒能來得及將姿態調整回來之際，從兩人中間穿了過去，還留下了顆榴彈，接著使勁一躍重新攀上了電車車頂。

在滯空的過程中，那張鬼面的周圍有著被固定上去的毛鬚裝飾，猶如一頭火紅而雜亂的紅色亂髮，隨著上升的身軀飄盪著。

面臨即將爆破的榴彈，爪磨鬼與飛槍丸趕忙跳開，將傷害降到最低。

於是，襯著爆炸在夜裡點起的火光，紅王輕盈的降落在列車車頂上，然後連著一跳，最終停留在緩緩向前的貨櫃車的貨櫃上，並緩緩將手中劍刃收刀回鞘。

直到這時，兩人才從火光的餘暉中看清了紅王手中的配刀。

紅王手中的配刀，在刀柄上有著和禮梨的銃槍相似的雕紋，且刀柄上還有著特殊的機關，似乎是一把銃劍。

「那麼就後會有期了……帝國軍。」

隨著落角處的移動，紅王的聲音越顯稀薄。

在這短短數秒的交鋒，殘存的紅巾眾們已順利的登上了貨櫃，十餘輛貨櫃車紛紛向軍營外急駛，來不及追趕、甚至整備的帝國軍只能眼見其揚長而去。

在這絕對無法形容其為寧靜的冬夜。

隨著時間流逝終於回歸大地的沙塵。

仍像個玩笑般倒臥在地的整列電車。

被襲擊過後殘破的營區圍牆與建築。

蘭縣行動——在此閉幕。

第二章 各自的意志

感覺得到窗外瀰漫著些許霧氣，因此就算開著窗簾，卻還是讓這房間顯得有些陰暗，帶著些許水氣與霉味，感覺就和陰天時差不多。

總部內的某間房間裡，四處的架子上擺滿了陶做的罐子，空氣中還飄著一股濃濃的藥草味。

「真的決定了嗎？這效果可是會持續好幾天，在這段時間裡妳會完全失去視覺。」站在禮梨身後的床邊，一頭烏黑長髮的鳳仙謹慎的做著最後的確認。

「嗯，動手吧。」禮梨則輕閉雙眼的盤坐在床上，深深的吸了一口氣後，說道：「我要克服弱點。」

回想著那天的情景，禮梨有些不甘的稍稍輕握了拳。

那兩個傢伙其實在那一刻就能取了自己的性命，雖然他們沒有這麼做。

如果紅王當時不在那，如果他們選擇了先對自己動手……

禮梨不能接受自己暴露的弱點，不能放過當時感到恐懼的自己，不能原諒那個因苟活而感到喜悅的自己。

所以，要克服弱點，要變得更強。幾天來這樣的想法不斷的在禮梨的腦海盤旋，揮之不去。

「我明白了，會有點痛的。」鳳仙用幾乎沒有情緒的語氣下了結語。

接著，鳳仙用指尖撚起兩根銀色的長針，讓那因折射光源閃耀著微光的針鋒朝禮梨而去，最後分別陷進兩邊眼窩旁的肌膚中，但卻沒有一點血滲出來。

冰冷的刺痛感瞬間竄進了禮梨的腦袋，讓原本輕握的拳緊緊握起，幾滴汗就像露水般從額頭滲了出來，滑過了火紅色的瀏海，最後劃過鼻梁，滴落在緊握的拳上。

不過幾秒，原本那些透過闔上的眼皮還能隱隱透進的微光，一下子就像是被吸走般的全消失了，就算張開了眼也只是一片黑暗，不禁讓人感到不安。

禮梨失去了視覺。

「這樣就行了。這幾天要小心點，畢竟妳現在是個盲人了，我們可不能再增加傷亡，尤其是妳和拉厚克這種層級的。」緩緩拔出銀針，鳳仙一邊叮嚀著，口吻中帶著些告誡的意味。

「在完成父親的願望前，我是不會死的。」稍微擦了擦額頭上的汗珠，禮梨堅決的說道。最後她緩緩起身，小心翼翼的在一片黑暗中邁起步伐。

「她還真是勉強自己呢！不過，答應她這麼做，真的沒問題嗎？」送走了禮梨後，輕輕將門關上的鳳仙回過身子，對著不知從何時出現在窗邊的身影問道。

「時間正在慢慢流逝啊——她如果不能再強悍些，我會很煩惱的。」那個身影帶著微微苦笑回答著，昏暗的室內讓人無法看清他的面容。

鳳仙沉默不語，表情有些凝重的來到那身影面前，凝視一會，接著緩緩解開了胸口的鈕釦。

「為了你，我也會盡最大努力的……」

最後，溫柔的、溫和的擁抱著，那身影的手掌輕輕的撫著鳳仙黑色的髮絲。

「紅王。」

◎◆◎◆◎◆◎

「也就是說，這次指揮隱密別動進行支援的人……是左馬太吧？」

用著毫無禮儀、甚至是當成自己家的坐姿，穿著一身輕便衣服的休悟大大方方地癱在那張有著高雅裝飾的沙發上，他一邊把玩著行動電話，一邊扔出幾乎已經可以確定答案的疑問。

「高砂境內除了老頭我以外，能調得動那支部隊的人就只有他了。」與休悟相隔一張茶几而坐，一名鬢鬚皆白的老人，還算健壯的身子穿著素色的高貴和服，悠哉的一邊將茶葉拈進茶壺，一邊回道。

「你也太悠哉了吧老頭！我可是差點丟了小命啊！」見了老人的反應，休悟忿忿不平的吐槽，手機也被隨手扔在沙發上。一旁，從大片玻璃窗透進的陽光輕輕打在休悟有些灰白的頭髮上。

這裡是位於高砂北部、高樓林立的高度現代化城市，亦是日之本帝國殖民高砂的權力核心所在——北都。

這裡多數的居民是身為帝國子民的日本人，就像反映整個高砂地方對於高砂人的不平等對待之縮影，高砂人在這裡只能擔當勞動的低層工作，必須住在類似貧民窟的集住區，連孩子們就讀的學校也因所謂的「種族」而有所不同。

北都冬季晴空的陽光，緩緩覆蓋這座外觀帶著磚紅與象牙白的巴洛克式建築。繞著這座建築的四周，紋風不動的衛兵與來回巡查的巡邏兵，明顯襯托出這座建築的重要性。

這裡是高砂總督府，殖民高砂權力核心中的核心。

「別激動、別激動，你小子的命這麼硬，不是還好好坐在這裡和老頭我泡茶嗎？」老人用和緩的語氣安撫休悟，雙手正不疾不徐的將熱水沖進茶壺裡。

「要不是當時紅王弄了臺電車進去，我早就被幹掉了！」休悟對著老人吼道，激動的表情呼應著當時的危急。

「那紅王的作風，每每總是令人驚奇啊，哈哈！」老人則一邊笑著一邊說道，語氣中還有些讚嘆。

「你還笑得出來啊！老頭你是總督吧？居然還放任左馬太亂來……」

這情景若在外人眼裡看來可能會覺得離譜，因為休悟肆無忌憚大吼大叫的對象竟然是高砂總督。

那個奉天皇之命，掌管高砂權力的現任總督——治奧竹光。

而他們口中的「左馬太」，則是高砂鎮壓軍司令，大神左馬太。

這裡，正是位於總督府四樓的總督辦公室。

「在除了你我的其他人眼裡，左馬太的行動可不是亂來啊。」說完後，治奧輕輕搖晃著茶壺，接著用厚重扎實的嗓音說了下去。

「在紅巾軍勢對蘭縣營地發動奇襲的第一時間，派遣隱密別動將其殲滅。以一個皇軍來說，這樣的判斷任誰來看都是正確的，甚至說是出色也不為過。老頭我完全沒有反對的立場啊。」

「那你總該通知我逃命吧？要是紅王慢了個幾秒我就死定了！」將剛剛扔掉的手機拎起來，休悟指著手機，滔滔不停的抱怨著。

「左馬太當下就立刻將那周圍的所有通訊遮斷了……隱密別動應該也是事先就布署好的，看來他早就預料到反抗勢力會襲擊那裡。說起來相當出色啊！」治奧輕輕將茶壺放回茶几，用著有些讚嘆的語氣回答。

「我說啊，現在不是讚嘆的時候吧！唉……」如此說完後，似乎對繼續指責老頭感到無力，休悟重重的嘆了一口氣，想將心中的不快統統洩掉。

就這樣，兩人沉默了幾秒，整間辦公室裡只聽見茶壺中的茶慢慢滑進杯中那清澈的流水聲。

「我說老頭……身為高砂總督，你卻要我潛進紅巾軍勢裡、要我暗中掩護他們，你那所謂的『計畫』真的有用嗎？」接著，輕輕的劃開了沉默，休悟緩緩說著自己心中一直抱持著的疑問。

老頭一句也沒回答，只是慢慢的將斟著茶水的杯子推到休悟面前。

「嚐嚐吧，這個季節的高砂茶很好喝的。」帶著有些慈祥的微笑，老頭說完後也拿起杯子，輕輕飲著剛泡好的茶水。

只見休悟一臉不情願的拿起杯子，隨便嚐了幾口，平常沒有品茶嗜好的他也分不清楚這算不算好喝。

「若沒有御神木山的土地，若沒有高砂人的辛勤耕種，不可能出現這麼美味的茶葉啊！豐饒的土地、高山的林木、地底的礦產，這彈丸之地的高砂無疑是塊寶地。」老頭子帶著微笑說道，而面前的休悟似乎還不能明白老頭的意思，表情一愣一愣的。

「小子，殖民高砂的目的既不是摧毀也不是殺戮，是為了占有這塊土地上的資源、人力，並且化作推動國家的力量。」老頭用像是教誨般的眼神，看著休悟。

老頭說得沒錯，如果要又快又徹底的將反抗勢力瓦解，基本上用幾架飛機、幾顆飛彈做大規模的轟炸便可。但那同時也為這塊土地上的資源帶來傷害，以及失去那些能化為大量勞動力的高砂人。

「不斷踐踏這塊擁有寶藏的土地、不斷屠殺能為帝國效力的高砂人，這對國家還有天皇大人一點幫助也沒有。」老頭子緩緩的說完，接著將空著的杯子又添滿了茶水。

「不過……嘛、你看看紅巾那幫人，經過這次他們很快就把蘭縣也吃下來了，再這樣下去……老頭你難道不怕親手將高砂賠掉嗎？」休悟一邊回想著自己親眼所見的、過去紅巾軍勢的活躍，有些慎重的說著。

將茶倒滿後，老頭子輕輕的笑了，蒼白的鬍鬚跟著晃動。

「你也感覺得到吧小子？我給的都只是些『虛假的勝利』罷了。」

將茶杯靠近布滿皺紋的唇邊輕輕飲了幾口，治奧老頭繼續說道：「就拿這次蘭縣的事來說，我老早要你假冒撤退命令的目的就是減少我軍傷亡，加上左馬太的擅自行動，事實上紅巾眾們雖然拿了所謂的勝利，但實際上的損失卻是更大啊！」

而休悟只是靜靜聽著，試著理解老頭所謂的戰略。

「小子，假若你今天花了很長的時間、付出了許多努力，一步一步的爬向山頂，眼見只差一步就到嘍，但最後卻毫不留情的被拖回谷底，你會怎麼樣？」老頭一邊提著疑問，一邊將休悟杯子裡的茶水添滿。

「大概……會就此放棄吧。」休悟想像了一會，慢慢的將答案吐了出來。

「是啊……經歷超過了一個世紀的努力，犧牲了這麼多的生命，踏過了那麼多酸澀的失敗與甜蜜的勝利，眼看著就要將這塊土地拿回大半之際卻狠狠的失敗了，敗得一塌糊塗，是常人都會選擇放棄的啊！」治奧笑著說道，瞧著眼前一副毫不明白的休悟。

「不管聽幾次都無法理解啊，而且……要是到時候收拾不了他們怎麼辦？」休悟無視眼前添滿的茶杯，滿是疑惑的問道。

「呵呵，只要奪走他們的寄託就行了，一旦失去了那個力量，他們便必敗無疑，就連其他的反抗勢力也不足為懼了。」老頭輕鬆笑答。

然而，休悟並不明白所謂的「寄託」是什麼。

「小子，你進紅巾軍勢也快一年了，經歷了這麼多次行動，你認為是什麼讓他們相信、推動他們一再賭命卻在所不惜？高砂人的榮耀、奪回家鄉的希望、對帝國的仇恨、對自己力量的驕傲？……都不對，他們真正相信的都不是這些。那麼……支撐著他們的是什麼？」

面對治奧的提問，休悟頓了幾秒，在心中不斷的將回憶反覆播放、瀏覽。

在每次的煙硝戰火中，在每次的生死關頭裡，在每次伴隨著出現的奇蹟中，休悟看見了那個像是火焰燃燒般的身影，那個與「最弱」的自己就像是天地間差距的身影。總是隱起自己的面貌、兼具了武勇與智謀，每次看見那個身影總是想起了自己的懦弱，想著自己再怎麼努力也不可能成為像那樣的人。

赤色的奇蹟。

「是……紅王吧。」失落像是絲線般微微攀在休悟的話語中。

「猜得好，就是紅王。只要他倒下了，紅巾軍勢必敗無疑。殺紅王一人比過其他千人。」似乎說到了興頭上，老頭豪快的將茶一飲而盡。

「在我的印象裡，他可不是那麼好對付的人……」休悟默默的說道，有種氣力全無的感覺。

「紅王的確是個好棋手啊！不過老頭我感覺得到，雖然不知道原因，但從這幾個月的行動就能發現，紅王似乎開始急躁了起來。」治奧老頭帶著笑意說完，「總之，等他完全拿下蘭縣、反抗勢力占了整個『中仙道』後，也差不多將這盤棋了結、了結了。」接著他在沒有棋盤的茶几上，信手做了個「將軍」的手勢。

「而現在，最重要的事還是弄清楚紅王的真實身分，知道了他的身分要逮住他就容易多了。這得靠你啊，小子！」輕撫著蒼白的鬍鬚，老頭望著休悟說道。

「唉……我果然還是適合做這類偷雞摸狗的事啊。」嘆了口氣，休悟回道。

「差不多了，把茶喝了，也差不多該回去了。有什麼消息我會再聯絡你的。」老頭指著休悟面前再也沒被動過的茶說道。

「是是，小小臥底的在下也該回賊窟了。」而休悟一臉敷衍的將茶吞下肚，接著起身準備離去，嘴裡則一邊無奈的唸唸有詞。

這時，走向門外的休悟，感覺到老頭那雙爬滿年輪般皺紋的手掌，輕輕搭在自己的右肩上。

「別看輕自己了，再怎麼說你也是『大神』啊，休悟。」

老頭溫和的話語，輕輕劃過休悟略顯灰白的髮絲，接著來到耳際傳進耳中。

休悟沒有回頭，只是以幾聲苦笑回應，然後邁開了步，關上了門。

「是『大神最弱』啊！」

無奈的話語悄悄蔓延在無人的走廊。

◎◆◎◆◎◆◎

這裡是位於高砂東部的臥蠶縣，緊鄰於北方的蘭縣，而南方相接著的是鹿野縣，以地理位置來說算是高砂地方較偏遠的地區。東臨太平洋、西望中央山脈的這三個縣市，被兩脈高山挾持著成為縱谷，被合稱為「中仙道」。

中仙道西邊為縱貫高砂的中央山脈，群山連脈作為天然的掩蔽能夠阻擋來自西方的攻擊，而迎海的東方則擁有海岸山脈作為掩護。

作為反抗勢力的盤據之處，中仙道無疑是個適合的地方，此處屏除了來自東、西方向的威脅，主要的交戰區就位於南、北兩方了。而作為紅巾軍勢當前主要攻略目標的，正是北方。

所以，必須拿下中仙道中唯一與北都相鄰的蘭縣。

整個城鎮霧濛濛的，在這冬日下的街道，就像是全被抹上了一層灰色。

在這臥蠶縣內的一處城鎮，過去是高砂人集住的貧民窟，在現今遭紅巾軍勢所取得的情勢下，被作為大本營使用著，而留下來的居民大多是對反抗勢力抱著支持立場的高砂人。

為了增加掩蔽以及防止感知入侵，藉由風水術製造出來的濃霧掩蓋了整個城鎮，在被濃霧覆蓋的範圍內，任何人的進出都能被施術者所掌握。

就像人體擁有能夠讓體內之氣流動的「經脈」一般，由自然而生、在大地上蔓延飄散的氣，也有其規律的流動路徑，而這樣的路徑被稱為「靈脈」。通常在越接近靈脈的地方，氣的濃度會越豐沛。

而術師，就是藉由不同的術式去改變自然界中「氣的性質」，來達到、完成自己所要的「現象」。

簡單來說，這片覆蓋城鎮的大霧就像是某種結界一樣。

穿著裹住脖子加以禦寒的高領外套，剛從北都回來的休悟雙手插在口袋裡，嚼著口香糖悠哉的走著。

事實上，若不是像拉厚克這樣的原生部族，禮梨、鳳仙這種一般的高砂人在外貌上和帝國子民根本相差無異。

由於反抗勢力產生動盪的現在，要進出首都「北都」，需要相當程度的審查檢核，但因為休悟擁有總督老頭給的特殊通行證，所以並不是什麼大問題。

紅色的罩式耳機不斷地播放著音樂，但休悟根本沒在聽，只是將耳機掛在脖子上，雙眼發愣的觀望著四周閒晃。

由於紅巾軍勢在先前蘭縣行動的活躍，城鎮內到處可以見到歡欣鼓舞的高砂人——雖然說一般人是不會明白那次行動中真正的得失狀況。

「虛假的……勝利嗎？」

在隨口的喃喃自語後，漫步著的休悟在眼前看見了熟悉的人，擁有著魁武高大的身軀，還有黝黑的膚色。

是拉厚克，他似乎在和幾個孩子們玩耍的樣子。

拉厚克平舉著纏滿繃帶的雙臂，讓左右共計六名孩童用手攀在自己粗壯的手臂上，孩子們各個雙腳離地、開心得不亦樂乎。拉厚克看起來也相當開心，額頭和下巴上的黥面隨著笑容浮動。

「拉厚克先生。」休悟禮貌性的微微低頭打了個招呼。

「是休悟小兄弟啊，剛從外面回來？」一邊問道，拉厚克緩緩的微蹲，將幾個孩子全放下。

「嗯，我去辦點事情，現在要回總部了。」不禁在心中驚嘆拉厚克的臂力，休悟微笑答道。

「我也差不多該回去了，一起走吧！」拍了幾個孩子的屁股讓他們一哄而散後，拉厚克跟上了休悟的腳步。

兩人緩緩地步過兩側林立五層樓水泥公寓的街道，然後走過由紅巾眾指揮著交通的馬路，雖然作為紅巾軍勢據點的這個城鎮路上並沒有太多車就是了。

「拉厚克先生，上次的行動還真是危險呢。」由於不知道該說什麼來劃開沉默，休悟隨便的寒暄了幾句。

「是啊，那支特別部隊很強，我到現在還有點後悔沒能和那個傢伙分出個高下呢。」拉厚克用著豪爽的語氣，說著休悟無法理解的想法。

「面對那樣的對手……你不害怕嗎？」於是他如此問著拉厚克。畢竟對他來說，光是隱密別動的一個普通隊員就能殺死自己好幾次了，何況是像爪磨鬼那樣級別的怪物。雖然在他眼中，拉厚克也是怪物的範圍就是了。

「不害怕，我相信自己的力量，而且……」

「嗯？」

「我們可是有紅王啊！我的直覺告訴我，只要相信那個傢伙就不會有錯。雖然那傢伙老是不露臉讓我有些受不了。」

拉厚克笑答，而休悟則進入了思考。

果然，紅王的存在對於紅巾軍勢的人們來說，就像那老頭說的，是所謂的「寄託」嗎？

只要相信就不會有錯，只要有他就沒問題了。

如此的被人們需要著……真是羨慕啊！

「那拉厚克先生有想過……紅王大人到底會是誰嗎？」將手慢慢放進外套的口袋，休悟小心的試圖打探著。

「不知道呢，那傢伙每次出現都會戴著面具。但……我覺得有可能是影虎。」拉厚克搔了搔頭，最後說出了陌生的名字。

「影虎？」休悟不禁疑惑的問道。

「鹿野那區的反抗分子『獅虎貓』三兄妹的老二。幾年前很出名，和紅王一樣是個瘋狂的傢伙。不過在某場戰鬥以後就此失蹤了。」拉厚克悠悠說道。

休悟則將名字記在腦海裡。

問答和腳步同時到了終點，緊接著映入休悟眼簾的，是一座位於城鎮南邊工業區中的大型工廠群，斑駁的水泥牆邊站著幾個守衛的紅巾軍勢，這裡便是紅巾軍勢總部的所在。一隻有著褐色斑紋的貓靠在水泥牆邊打著鼾，而暮色也隨著時間慢慢的侵蝕了天空。

時間來到了夜晚，在那再過幾天就會變成滿月的天空下、在那被霧圍繞著的城鎮、在那被作為紅巾軍勢根據地的工廠群中，沒有人在看的老舊電視自顧自的播報著新聞。

「頭號反抗勢力紅巾軍勢，今日又對蘭縣各重要設施做了零星的攻擊。鑑於反抗勢力的猖狂，在大神司令的建議之下，第三皇子利吉殿下在今天緊急親臨高砂地方，目前正在北都與軍方召開應對會議——」

某間作為武器保養用途的廠房中，做了一下午雜事的休悟伸著懶腰抱怨著：「真是累人吶，支援班的工作還真不是人幹的。」

周遭的成員們也紛紛停下了工作，準備好好休息。

作為保養武器的存在，室內放著許多機械與零件。

就在不遠處的工作檯上，下午還在外面打著哈欠的貓，一副悠閒的趴在上面，褐色的斑紋隨著尾巴搖晃著。剛吃完的秋刀魚只剩下骨頭靜靜的躺在一旁的盤子上。

「你還真好命啊，整天不是吃就是睡的。」羡慕般的說著，接著休悟輕輕的用食指戳了下貓的額頭，「痛啊——」

只見那貓狠狠的對休悟的食指咬了一口！

「你這臭貓竟然敢咬我！小心我回去把你的毛剃光光！」生氣的對貓吼著，休悟緊握著食指。而那隻貓則一臉悠然，像是在嘲笑休悟一般。

「怎麼啦怎麼啦，被莫那欺負了嗎？」

熟悉的身影來到工作桌旁，被稱作莫那的貓像是開心般的跳到了主人身上，舔著那紅色瀏海下的臉頰。

「就別跟貓計較啦，阿休。」梧桐帶著微笑說道後，輕輕將手中耀眼的武器放在工作檯上，一直捧著似乎有些吃力的樣子。

「是梧桐啊！那隻臭貓剛剛狠狠咬了我一口……」休悟有些不甘心的說道，接著注意到了工作檯上那柄像是劍刃的武器，在劍柄上有著深紅色的精細雕紋。那是一把銃劍。

「這不是紅王的佩劍嗎？」休悟有些好奇的彎著腰，一邊觀察著銃劍，一邊問道。

那把銃劍在劍刃下有著像是槍管的構造，劍柄處還有著像是填裝彈藥的轉輪和扳機的裝置。

「嗯，正要進行保養呢。阿休要拿拿看嗎？」梧桐輕輕的拿起銃劍，遞給休悟。

「咦？真的可以嗎？」緊張的接過銃劍，休悟有些驚訝它的重量，雖然看似沉重，其實卻相當的輕巧。

「這把銃劍叫做『飛火』，其轉輪中能填進十枚子彈，大概是左輪手槍的程度。但是在刀刃下配有槍管，因此有步槍的速度及準確性。」梧桐坐上工作檯，輕鬆的解說著。

「我一直很好奇呢，這麼特別的武器到底是哪個天才做的。」休悟隨便揮了兩下，一邊說道。

「真是謝謝阿休的誇獎，造出它的是我喔。」輕輕的笑了出來，梧桐如此說著。

「咦！梧桐真是厲害啊！禮梨那把殺人凶器也是嗎？」有些讚嘆的問道，休悟不斷端詳著手中的飛火。

「是我造的沒錯，那把銃槍叫做『梨花』，雖然重量上比飛火重了許多，但填彈量和威力都有步槍的程度，不過使用上也困難許多就是了。紅王大人似乎喜歡比較輕便的武器呢。」豎著食指說道，梧桐似乎對休悟的反應感到有些開心。

而莫那則趴在梧桐的肩膀上，悠哉的搖著尾巴。

「說起禮梨，梧桐真的和那個暴力女是兄妹嗎？總覺得除了髮色以外，無論在個性還是體能……嘛，抱歉。」將飛火放回工作檯上，休悟如此問道，不過最後似乎察覺到了自己的話也許會冒犯梧桐而停了下來。

「沒關係，我不會介意的，阿休。」而梧桐只是用溫柔的微笑回應，似乎沒有生氣的樣子。

確實，梧桐的身材就算站在未經鍛鍊的休悟身旁，依然顯得單薄，給人的感覺也總是一副溫柔的模樣。

這樣溫柔的梧桐，和那個橫衝直撞、強悍得不得了的禮梨，實在是讓人無法輕易聯想在一起。

「呵，我從小身體就比起一般孩子虛弱許多，無法繼承父親的暴雨流，更別說是奪回高砂的理想了。擔負起了作為兄長的我無法背負的責任，因此——小梨一直很努力呢。」帶著苦笑緩緩說著，梧桐的眼中似乎閃過一絲憂鬱，那是對禮梨的愧疚。

「嘛、聽說她最近還讓鳳仙小姐把自己弄成盲人了呢，說是為了鍛鍊的樣子，那傢伙還真是努力過頭了啊……」休悟有些感到不可思議的說，接著輕拍了拍梧桐的肩膀。

「不過也只有梧桐才能做出這玩意兒啊！」像是打氣般，休悟指著一旁的飛火說道。梧桐也揚起了笑容。

接著休悟向前走了幾步，深深的又伸了個懶腰，自顧自的細聲呢喃著：「唉……我才是真正的一無是處呢。」

此時，從不遠處那老舊電視傳來的聲音，吸引了休悟的耳朵。

「據消息指出，在現正進行的對應會議上，今日親臨高砂地方的第三皇子利吉殿下，似乎提出了使用轟炸空投，對中仙道做大規模殲滅的作戰方針——」

老舊電視傳達著令人不安的訊息，休悟與梧桐的視線在瞬間被一同吸引。

想用無差別轟炸嗎？這個笨蛋皇子在搞什麼啊？

暗暗說道，休悟看著新聞畫面，有些緊張的緊握著拳。

「想將無辜的平民一起牽扯進來嗎？轟炸空投的話，建築、土地、自然，一切都會被破壞掉的……」梧桐則是有些擔心的說著，一邊輕撫著莫那的皮毛。

而休悟一語不發，只是凝視著新聞畫面。

沒多久，新聞畫面透露著稍稍讓人感到放心的消息：「不過，針對利吉殿下的方針，以治奧總督為首的保守派官員做出了嚴正的諫言與抗駁，大神司令則是持中立態度，只能說目前利吉殿下提出的應對方針，在未能通過總督及多數官員的同意下，還是無法正式決定實施——」

即便是皇子，但目前真正掌握殖民高砂地方核心權力的，依舊是由天皇任命的高砂總督，雖說大多數官員由於害怕觸怒皇室，會選擇遵循皇室的意見執行，但這並不適用於從二戰時期便為皇軍立下無數功勞的治奧竹光。

在由治奧為首的保守派面前，除非是由天皇親自下令，否則僅憑第三皇子亦無法動搖治奧在不傷害高砂資源原則下的治理方針。

真是嚇死我了……還好老頭阻止了那笨蛋皇子幹傻事，不然我就得準備隨時逃命了。話說回來，老頭子這不明擺著和皇子作對嗎？如果笨蛋皇子來硬的，硬要丟幾顆炸彈過來就糟了。

我看晚點還是聯絡老頭確認一下好了，順便告訴老頭有關紅王的情報。

深深吸了一口氣，休悟如此在心中暗暗盤算著。

◎◆◎◆◎◆◎

「竹光那個混蛋！」

男子狠狠的將玻璃杯往地上一摔。雖然裝潢華貴的房間地上鋪有地毯，杯子卻依然摔成一地的碎片，閃爍著和天花板水晶燈飾一樣昏暗的燈光。原本盛在杯子裡的葡萄酒就這麼灑了一地。

暴躁的在房間中來回走動，破碎杯子的主人一臉怒不可遏的樣子。

那是天皇之子，日之本帝國第三皇子——利吉。

「那臭老頭以為自己是什麼，竟敢當眾反駁我的戰略讓我顏面盡失……我可是皇子吶！他不過皇室養的一條老狗！」憤怒的吼叫，接著又將桌子掀了，利吉不斷發洩著在今日會議上遭受的屈辱。

「請息怒，利吉殿下。」身著軍服的男人站在後方以卑躬屈膝的姿態，稍顯削瘦並蒼白的臉頰隨著話語微微抽動。接著，男人謹慎的將椅子送到了利吉身後，最後退到一旁。

利吉似乎稍稍緩下了怒氣，接著一把坐在椅子上，很快的，周圍的侍衛立即送上新的葡萄酒。輕輕的吸吮了一口，利吉又將杯子摔到一旁象牙白的牆上。

「早知道那老頭會跟我作對了……左馬太！先前要你辦的事如何了？」如此叫喚著，利吉用相當高傲的口氣問道。

很快的，擁有蒼白且削瘦面容的男人，以半跪姿態出現在利吉身旁。

高砂地方對反抗軍鎮壓司令，大神左馬太。

「殿下，已經依照您的吩咐去布署了，待時機成熟即可行動。」左馬太用沉穩的聲音說著，深黑色的頭髮向兩側整齊的梳開。

「左馬太啊……這事可要好好辦，收拾了『治奧』的竹光，對你也是有好處的，明白嗎？」以居高臨下的姿態輕蔑的說著，利吉斜眼藐著半跪在一旁的左馬太。

「放心吧殿下，這是『大神』最擅長的。」左馬太語氣謹慎的說著。

「那就看你的了。」語畢的利吉起身，領著一班侍衛向門外而去。

「收拾了礙眼的傢伙後，華麗的平定高砂，我要讓父王和所有人徹底的了解我的才能。」帶著驕傲的語氣，利吉悠然的離開。

不一會，華麗的房間中，兩道身影從兩個昏暗的角落裡現身。

爪磨鬼與飛槍丸來到了緩緩起身的左馬太兩側。

「大人，那個神秘的匿名通報者，又送來情報嘍——」爪磨鬼用像是竊笑般的表情說話，然後將手中的文件遞給左馬太。

「老闆，我想調薪還有……休假。」飛槍丸則面無表情的說道。當然，左馬太沒有理會她。

「怎樣？要讓我們和隱密別動闖進去大鬧一番嗎？我好想念上次的對手啊！」爪磨鬼頗為興奮的催促著，而另一邊的飛槍丸則一臉興致缺缺。

左馬太端詳著手中的文件，上面清楚的記載著臥鼇縣中作為紅巾軍勢總部的城鎮平面圖，以及覆蓋該處偵查術式的盲點和適合的侵入路線。

很明顯的，這是出賣紅巾軍勢的情報。但是，左馬太還無法全盤相信。

事實上，這名神秘通報者送上情報並不是第一次，之前已經有了好幾次的紀錄。距離現在最近的，就是不久前的蘭縣那次了。

確實，紅巾軍勢的行動時間、計畫目的及手法等等都如情報所言。而左馬太則半信半疑的埋伏了隱密別動。

不過，當時卻出現了計畫中不該出現的變故：收到假命令撤退的士兵、被切斷的營區聯絡系統……還有紅王的登場。

左馬太無法確定這是真正的情報，抑或是想大幅減弱己方軍力的陷阱。

「派一般的部隊過去。」經過思考，左馬太謹慎的做了決定。

現在不是冒險的時候，果然還是再觀察看看比較保險。

「是──」爪磨鬼有些失望的答道。

「太好了。」飛槍丸似乎因為不用出擊而感到微微喜悅。

沒錯，隱密別動的力量絕不能在這時候被削弱，他們有更重要的事要做。

就快了，時間正在漫漫流逝，他所期望的結果就要來了，現在最重要的是備齊完成計畫的條件，還有……

等待月圓的那天。

總有一天，他要讓「大神」站在頂點，並且沐浴在光明之下。

◎◆◎◆◎◆◎

深夜，白色的月光已然爬到最高處，肆意的揮灑著微微光芒。

這是大多數人早已入睡的時間，除了負責夜間守衛的紅巾眾們依舊佇立在圍繞總部的水泥牆邊，就連莫那都趴在某座工廠的屋頂上呼呼大睡了。

但是有人還沒睡。

在總部裡的女子公用澡堂的角落處那間門上充滿鐵鏽的老舊儲物室，從那裡面傳出微弱的呼吸聲，透過早已變形因此無法完全關上的門，還能看見手機螢幕發出的微弱光芒。

擠身在狹小的空間裡與拖把掃把還有水桶為伍，休悟正小心翼翼的準備撥著電話，連呼吸也不敢大聲。

休悟由於今天的新聞內容感到相當不安，並且試圖與治奧老頭聯繫。但他不可能光明正大的在總部內隨便一處撥通電話，做著有如承認自己是臥底的行為，因此這個地方成了他的最佳選擇。

紅巾軍勢中男性成員較多，就算在這深夜時分也難保沒人會使用澡堂。但是女性澡堂在使用人數上少了許多，並且由於隱私因素，離容易有人走動的地方較遠，因此安全得多。

除非在這大半夜裡有哪個傢伙還會進來洗澡……

「啪，啪，啪，啪……」

輕柔的腳步聲踏在有著水灘的地板上。接著，老舊帶鏽的水龍頭開關，在被轉開的瞬間發出有些刺耳的摩擦聲。

「嘩啦嘩啦……」

被轉開的蓮蓬頭，像是下著小雨般的輕灑著水。

有人進來了，而且還正在洗澡。

休悟很快的掛上了原本要撥出去的電話，並且用手蓋住了螢幕光源。他不敢亂動，甚至不敢呼吸，深怕不小心發出一點聲響，暴露了自己的存在，到時候可就不只是被當成變態的程度，甚至連自己身為臥底的事實都會被發現。

小心翼翼的讓肺部替換著空氣，休悟慌張的思考著。

要是呼吸聲被聽見了怎麼辦？要是不小心發出聲音怎麼辦？

光是這麼想著，全身上下就像是作對般的發癢，讓人很想去抓一抓。

要一直忍耐著直到外面的人洗完嗎？要是她哪根筋不對來開儲物室的門怎麼辦？或是、要趁著沒開燈的黑暗環境下迅速的逃出去……等等、沒開燈？

的確，剛剛沒有聽見打開電燈開關的聲音。於是休悟小心翼翼的透過鐵門的縫隙探去，最後確定了澡堂確實沒有開燈。

整間澡堂唯一能讓光源照進來的只有一扇窗子，再加上這附近都被濃霧圍繞，如果不開燈根本沒辦法好好洗澡。因此，會這麼做的只有那傢伙了。

但是，就算現在逃了出去，也難保不會被那傢伙追上，畢竟那傢伙很有可能已經熟悉了黑暗。只好，賭一賭了——

踏著輕穩的腳步盡最大努力不被發現，休悟緩慢的往門口的方向跨出腳步。那猛烈撞擊的心跳聲，若是在沒有被水聲所覆蓋的情況下，肯定會被聽見的。

但是……

「是誰？」

那個正在黑暗中淋浴的身姿，依舊察覺到休悟的存在，她關上蓮蓬頭，口吻謹慎的如此問道。

雖然在微弱的光源下無法看清楚，但那身影還是顯露著少女該有的曼妙，被微微月光覆蓋的部分透著雪白的肌膚，還有其實相當可愛的臉龐，而被綁起的馬尾隨著身姿微微晃動著。

確確實實的看著那傢伙的「裸體」，休悟不禁緊張的嚥了口口水，心跳也怦咚怦咚的加快起來。

沒錯，是那傢伙。

是禮梨。雖然睜著眼卻無法看見任何東西，暫時是個盲人的禮梨。因為看不見，所以沒有開燈的必要。

就這麼看著裸體的禮梨，但休悟沒有太多時間好好欣賞，他必須立即想出能夠逃離這窘境的方法。

居然還是被發現了！

沒想到她的盲人訓練已經成功到這種程度了嗎？

這該不會就是傳說中少年漫畫裡才會出現的心眼吧……

事實上，禮梨在失去視覺的自我修煉中，所提升的是對「氣」的感覺程度。

地球上的萬物，無論是有機物也好，無機物也好，生物也好，自然現象也好，全都是由氣構成、被氣圍繞、運行在氣的規則上。

存在於生物體內的氣被稱為「小源」，而飄散在自然環境中的則被稱為「大源」。

就算是一顆石頭，多少也會散發著氣，只是微量到難以察覺罷了。但是動物所散發的氣，相比之下就容易感覺得到。

飛蛾會在風雨將至的前夕在燈下盤旋，野生的獵食者在大老遠就能感覺到獵物或更強悍的獵食者，許多野生動物天生就擁有對周遭環境、危機的感知能力。

而禮梨所做的，就是將自己鍛鍊到能夠更加感知周遭的氣息。

這下該怎麼辦才好？直接逃跑？不可能的，我跑不過她的。

趁她是個盲人來個突襲？別開玩笑了，辦得到這種事我就不是我了。

笑著對她說「呵呵，其實我是來偷看妳洗澡的」？那還不是死路一條！

或者說「呵呵，其實我的真實性別是個女孩子」——等等！

我是……女孩子。就是這個！

自問自答到了終點，休悟緩緩的開了口，一滴冷汗從他鼻梁滑過。

「我是最近才加入的新人休子……禮梨前輩您好。」

然而他發出的卻是女聲。休悟假冒著女性說道。

「休子……這麼晚在這幹嘛？」因為不太會記人名字，更何況是新人，禮梨當然不會知道休子是誰，雖然那也確實不存在就是了。不過，禮梨依舊謹慎的繼續追問下去。

我才要問妳這麼晚洗什麼澡勒！

雖然很想這麼吐槽，但休悟忍住了，他繼續假扮下去。

「嗯……下午做完清潔後忘了將工具放回來。」用著嬌柔的女聲回答，實際上休悟一臉慌張的模樣，心臟就像快要跳出來般。

「沒事了，走吧。」用平緩的口氣結束了對話，禮梨沒想太多的重新打開蓮蓬頭，讓溫熱的水打在自己的身體上。

而休悟這才鬆了一口氣，迅速的步出澡堂。

憑靠著可以說是寥寥可數的才能之一，休悟藉著假扮女聲順利的蒙混了過去，並且不被人發現的盡可能遠離了澡堂。

休悟在來到有燈與玻璃窗的走廊才能清楚發現，為了某種原因，自己像蘋果般發紅的臉，還有胸口深處傳來的依舊不停躁動的心跳聲。

「身材真好啊……」

◎◆◎◆◎◆◎

還算是晴朗的早晨，蹺掉了支援班的工作，一個慵懶的身影漫步在城鎮的街道，陽光透過漫天的霧氣打在他有些灰白的頭髮上。

休悟戴著紅色的罩式耳機，悠哉的散步在街道上。

也許是現在還太早了，街道上的人煙相當稀少，甚至連平常在城鎮中四處巡視的紅巾眾也沒看到幾個。

向老頭子特別確認過不會有突發空襲後，休悟悠悠哉哉的在這總部閒混了幾天——雖說是閒混，但他也不是完全都在偷懶。

在結束支援班的工作之餘，休悟多多少少的從好幾個紅巾眾那裡打聽著關於拉厚口中那個「影虎」的消息。得到的成果大概是這樣：幾年前還在活躍著的反帝國分子，兄長叫做「獅童」，妹妹叫做「貓那」；在一場與帝國的交戰後失蹤；對戰鬥狂熱且方式瘋狂。

得到的大概都像是這樣的情報，比較值得注意的是，在影虎失蹤後不久，紅王便出現了，並且建立了紅巾軍勢。但若將其懷疑是紅王的正體……就休悟來看，還存在著微妙的差別。

他眼中的那個紅王，應該不存在著「對戰鬥狂熱」這種特徵。紅王只會在關鍵的時候出場，基本上能省下的戰鬥就省下。而紅王的瘋狂是在戰略上，例如把一列電車弄進軍營破壞一番……

那麼紅王到底是誰呢？這個問題恐怕只有那個副總長——鳳仙知道了。

思考的同時，休悟感覺到左肩上忽然出現了重量，還有從左耳旁傳來的那陣聲音。

「喵——」有著褐色條紋的貓，莫那就這麼跳到休悟的肩膀上，臉上還帶著像是要作弄般的表情。

「我說你這傢伙到底是哪裡來的貓啊？竟然可以擺出這麼讓人不爽的表情——咦？喂喂！」

話才說到一半，莫那的前爪就摸進休悟的左胸口袋中，將某樣東西掏了出來，接著叼在嘴裡從休悟的左肩一躍而下。

那是……從老頭子那拿到的，清清楚楚寫著「大神休悟下士」的通行證！

「老是作弄我啊這傢伙……！」

拔腿追了上去，休悟在人煙稀少的街道上死命追趕著往前逃逸的莫那。

「還給我啊你這臭貓！」

莫那不時還回頭過來，用著像是「來抓我啊」的表情嘲弄著休悟。

當然，這樣的通行證就算弄丟了，只要想辦法再向老頭子弄一張就行了。

但重點是，如果被任何一名紅巾軍勢的成員撿到這玩意兒……

後果不堪設想啊！

一路橫越了幾個街區，來到了接近城鎮西方邊境的地方。莫那依舊保持著領先，而休悟則死命的在後面追趕。即使在冬季，這樣的劇烈運動還是把休悟弄得滿身大汗。

戰鬥不行就算了，現在居然連隻貓都跑不贏，果然是大神最弱啊！

如此想著的休悟不免對自己感到些失望，奔跑的腳步也越來越沉重了。

就在此時，前方的莫那腳步似乎慢了下來。

取而代之的是，在更遠的前方，那個綁著精神象徵的、顯眼紅巾的身影。

不對，要說顯眼的話，果然還是那頭如火焰般的紅色長髮吧。

「給我還來！」緊張的大吼著，休悟疾奔向前。

將平常使用的銃槍「梨花」扛在背上，不斷的奔跑著來鍛鍊體能。禮梨在這天氣還算晴朗的早晨中跑過了一個又一個街區，作為一天訓練的開端。

即使已經跑了好長的一段路，來到了接近城鎮西方邊緣的地區，禮梨依舊是臉不紅氣不喘的。不過更讓人讚嘆的是，失去視力的禮梨卻沒有因此在慢跑的過程中撞上任何人或東西。

作為紅巾軍勢的成員，這些總部附近的街道距離分布、障礙物的位置，禮梨早就已經深深刻在腦海裡，即使看不見，也能在腦中模擬出來。而她經過將近一個禮拜的無視力鍛鍊，對於人類氣息的掌握已經算得上熟悉了，因此要安然無恙的跑完一整圈城鎮應該不成問題。

還要更努力才行。為了父親的願望，為了保護哥哥，她還得再更加把勁才行！

這樣的意志在禮梨心中圍繞，腳步也跨得更大更快了。

不過話說回來，不知道是不是因為太早的關係，街道上似乎沒有什麼人煙。

就在此時，輕靈的腳步聲從前方傳來，伴隨著一股熟悉的味道，以及微小的氣的反應越來越近……禮梨當下理解了那是什麼。

最後，一股暖暖的、毛茸茸的觸感在胸口傳開，禮梨輕輕的捧著散發出那些觸感的小傢伙。

「莫那，特地來找我的？」用少見的溫柔語氣說道，禮梨輕撫著莫那毛茸茸的身體。

而莫那則像是撒嬌般的磨蹭著。

「給我還來！」

此時，人的氣息與有些熟悉的聲線，伴隨著奔跑的腳步聲從前方傳來，但禮梨對這聲音的印象實在很薄弱。

感到有些熟悉，但仍想不起來是誰。隨著那奔跑著的人漸漸接近自己，最後來到自己面前，禮梨下意識的做出了反應。

「咦咦咦咦！？」一把被抓住，那人發出了相當驚恐的聲音。

禮梨單手捧著莫那，另一隻手則一把狠狠擒住了對方的衣領，接著……

「痛啊──！」

完美的過肩摔伴隨著悽慘的哀號結束。

可憐的少年，如今已經躺在地上。

◎◆◎◆◎◆◎

作為紅巾軍勢大本營的城鎮，在那被濃霧圍繞的範圍邊境處，由於曾是與帝國軍的交戰區，因此城鎮周邊幾乎被廢墟圍繞著。裝備齊全的帝國士兵就在一處滿是廢棄建築、已成廢地的街區中，蓄勢待發的大群佇立著。

「差不多到大神司令指定的時間了，大家準備就緒。」

用嚴肅的口氣說著，身著日之本帝國陸上軍官制服的男人，對著一大班裝備完成的帝國士兵發號司令。而士兵們則紛紛提起槍準備作戰。

「上次栽在那些傢伙手上，害我在其他人面前抬不起頭來！這次我要好好報這一箭之仇！尤其是那個假冒我的身分招搖撞騙的小子……」緊握著拳，男人回憶起了不久前的蘭縣事件前，自己所受的屈辱。

從北都取得支援物資後，原本應該順利的送回營區才對，怎料卻在中途被那幫紅巾眾打劫，不只奪走物資，那幫傢伙還搶了貨櫃車，偽裝成自己的部隊，最後潛到營區裡大鬧了一番。

結果就是責任歸咎到自己頭上，還因此被連降了三級。

這個越想越生氣的男人，便是蘭縣事件的苦主之一——遠山大尉……嘛、現在是少尉才對。

「難得有這代罪立功的機會，要好好把握做給大神司令看才行。」

信心滿滿的遠山，拉了拉因為稍胖的體型而有些緊繃的衣領。

「A班從東邊發進，B班跟我從西邊入侵，C班從中央突入，D班駐守此處，現在開始行動！」

遠山一聲令下，列隊整齊的士兵們同時分散，由三個方向侵入城鎮。

遠山領著一個班的步兵，穩穩的行進著。城鎮中意外的顯得寧靜，街道上冷清得連半個人都沒有。

「連個平民都沒看見，怪異。」細聲的自語，遠山謹慎的觀察著四周，深怕敵方有所埋伏。

士兵們也各個緊握著步槍，小心翼翼的、謹慎的探查周遭。

「痛啊——！」

突然，一聲哀號似的莫名話語從不遠處的街區傳來！

遠山與步兵們不謀而合的朝那方向望去。

最後，隨著遠山的進攻手勢，備戰的士兵們一個個朝聲響傳來的街區突進！

「幹嘛忽然動手啊？痛死我了……」休悟倒臥在地，一邊搓揉著背，一邊如此抱怨。

「誰叫你忽然朝我衝來！報上名來！」禮梨一邊回想著這個聲音，一邊謹慎的查問。

被禮梨捧著的莫那像是幸災樂禍般的笑著，那張通行證也從嘴中滑落，輕悠悠的落在地上。

「休悟，支援班的休悟。」沒好氣的說著，休悟緩緩起身並拍了拍身上的灰塵，接著將地上的通行證撿起，還順便瞪了莫那一眼，卻被莫那用爪子狠狠的抓了臉。

「你這臭貓！不用等到回去了，我現在就把你的毛剃光！」休悟生氣的對著莫那大吼大叫，而莫那則一臉毫不在意的樣子。

此時，禮梨也終於順利回想起來了。

「啊啊啊，是那次易容成帝國軍官的那個吧。」禮梨淡定的說著，一副終於想起來的樣子。

「妳的語氣也太傷人了吧！我就那麼沒存在感嗎……」無奈的說道，休悟一手扠在腰上，另一手則拭去臉上的汗珠。

幸虧是這傢伙，不然那張通行證早就被發現了。話說一大早就在鍛鍊呢，還真是努力。

休悟在心中暗自竊喜碰上的是看不見東西的禮梨，並且暗暗的讚嘆著。

總之，總算是取回通行證了。休悟小心的將它收起，準備打道回府。但是他沒發現禮梨的神情顯得有些不對勁，似乎是察覺了些什麼。

「好了，不打擾妳晨跑了，我要回去睡個回籠……！」

道別的話還沒到句點，與禮梨擦身而過的休悟，手卻一把被禮梨抓住、並向後扯去！

怎麼了！難道她恢復視力而且發現我的通行證了？

還是她剛剛一摔上癮還想安可一下？

難道……她發現了昨天偷窺她洗澡的是我！

短短不到一秒的時間，休悟在心中設想了各種最壞的可能。

但是，真正的答案卻比每一種設想都壞上好幾倍。

「砰———」

像是時間被放慢般，帶有危險感覺的聲響被緩慢的時間流動拉長。

伴隨著出現的是眼前一道緩速朝自己而來的銀光。

當時間重新恢復流速，休悟回過神來時，一枚銀色的步槍子彈早已以幾公分的距離，從他的鼻尖前飛梭而過。

「就是那小子！給我宰了他！」某個男人怒吼般的命令聲傳來。

接著又是數聲槍響！

「往這邊！」禮梨及時拉開了休悟，讓他免於落得腦袋開花的下場。接著她一手捧著莫那，一手緊握著休悟瞬間布滿汗液的手掌，迅速的竄進一旁的暗巷！

「剛剛、是怎麼、回事！？」由於一切發生得太快，休悟根本渾然不知，只能死命的跟著禮梨疾奔，上氣不接下氣的問著。

「有人對我們開槍，而且人數不少，恐怕是帝國軍。」從感覺到的氣息做出推斷，禮梨一邊說著、一邊思考對策，領著休悟奔跑在暗巷中。

這是哪門子的超展開？

帝國軍的襲擊？老頭完全沒提過啊！

難道又是左馬太策劃的行動？

不斷的奔跑，但休悟的體力始終比不上禮梨，疲憊感也逐漸接近了臨界點。

此時他發現了，禮梨領著自己跑的路線根本不是通往總部的方向，而是位於城鎮邊境，沒有人居住的廢棄街區。

她究竟想做什麼？

「不是要逃回去嗎？」有些緊張的問著，休悟全身上下的汗水像是傾瀉般的狂飆著。

「不行，這樣會讓平民們遭受波及的。我要引開他們，然後想辦法解決掉。」一邊調整呼吸一邊回答，禮梨用不像是開玩笑的語氣說。

這女人瘋了，肯定是瘋了！

「妳、妳瘋了嗎？如妳所說對方可是軍隊啊！而我們只有兩個人，妳卻說要解決他們！」休悟有些激動加上不可置信的吼叫，「再說，誰准妳擅自把我列入英勇敢死隊的名單啦！我只是小小的支援班耶、支援班耶！」

「少囉嗦，我可是救了你一命。」在這種情況下，禮梨一點也不害怕的樣子，嘴裡說著讓休悟無法反駁的話。

「要是我能看得見，也不需要你了。接下來的區域我不太熟，就麻煩你當我的眼睛了。」禮梨用像是命令般的口吻說著請求。

讓妳失明的不就是妳自己嗎？——雖然很想這麼吐槽，但現在實在不是時候。休悟勉強著滿是疲憊的身體，死命的跑到了禮梨的前方。

後面滿是追兵，事到如今也只能幹下去了。

「唉……說吧，要往哪？」重重的嘆了一口濁氣，休悟無奈的問道。

「再胡亂的跑下去恐怕會被包夾，到大型購物中心的廢墟吧，到裡面再想辦法。」沉穩的對休悟說著目的地，禮梨閉起只有空洞視線的雙眼，專心的跟隨著休悟的腳步。

禮梨與休悟的作戰開始了。

「喵！」

啊，還有莫那呢！

◎◆◎◆◎◆◎

猛烈的一拳將敵人的顴骨整個砸碎！拉厚克縮回纏繞繃帶的巨臂，回頭又是重重的一拳，將另一個帝國士兵的肋骨化為碎塊。

倏忽的，幾發子彈毫不留情的招呼過來，只見拉厚克有力的雙腳使勁一跳，其力道就連地面都稍稍綻開裂痕。

下一秒，躲過子彈的他早已置身在幾公尺高的空中。

緊接著拉厚克張大了嘴，向著地面重重一吼，開槍的幾個士兵就像被無形的重力所壓制般，狼狽的撲倒在地，只能等待落地的拉厚克來奪走性命。

在這位於城鎮中央的街道上，拉厚克粗野的一個個擊破襲來的帝國軍。周遭也有許多紅巾眾在協同作戰，穩穩當當的殲滅著敵人。

「簡直是無聊過頭了。」

又幹掉幾個人後，拉厚克有些倦怠的抬頭看著天空，雖然因為霧顯得有些灰濛，但微微的陽光還是穿透了灰色，輕輕灑在他的臉上。

奉紅王之命在這守住中央街區，他原以為可以遇上上次那班傢伙呢！

拉厚克有些失望的拍了拍粗厚的雙手，將視線移往天空有些灰濛的東邊。

那裡，似乎在下著雨的樣子。

◎◆◎◆◎◆◎

這裡是位於城鎮西方邊境，一座廢棄的大型購物中心。由於曾經身為交戰區的關係，這裡早已結束營業，能用上的商品大部分被紅巾軍勢當作軍用物資搬走了，不過剩下的東西還是很多，而且混亂的散落在室內各處。

例如現在休悟與禮梨身處的三樓這個區域，到處散亂著像是釣竿魚線、露營工具、登山裝備等等的戶外用品，周圍還有許多身著戶外服裝的人型模特兒。

由於購物中心早已廢棄，因此當然沒有所謂的供電。整個室內的光源相當昏暗，只能依靠著從數個窗戶透進來的日光照明。

兩人緊靠著角落的某個貨架而坐，讓不斷奔跑所造成的疲憊稍稍消散。

不過，能夠這樣歇息的時間並不多，因為再過不久，緊追而來的帝國士兵們恐怕就會到這三樓來了。

必須趁現在想些對策才行。

休悟身上帶著一把自動手槍，可是由於他壓根沒想過會碰上需要開槍的情況，因此平時不但沒保養，連填滿子彈的習慣都沒有，現在彈匣裡大概只有五發子彈左右吧。

不過其實這無所謂，反正射擊這項技巧根本就不在休悟的技能列表中，所以就算裝滿了子彈也很可能是徒然罷了。

萬幸的是，禮梨身上帶著那把名為「梨花」的殺人兵器。雖然不會有支援，但是她只要有一個彈匣就夠了。

在敵方人數眾多而且禮梨失去視力的情況下，還是相當的危險。

「那個……請問有什麼戰術嗎？」全身的冷汗不斷的洩出，休悟有些慌張的對身旁相當鎮靜的禮梨說道。

「你去找個地方躲起來吧，待會我會一口氣殺出去。」淡定的說著相當危險的發言，禮梨將莫那交給了休悟，然後迅速的將梨花上了膛。

「……」面對禮梨的答案，休悟滿臉無奈的沉默。

那個，這能叫做戰術嗎？根本只是硬上吧！

如此的在心中吐槽，休悟仔細的搜索四周，尋找著用得上的東西，腦袋裡則不斷的想著能夠度過這場劫難的各種方法。

照禮梨這種無謀的戰術硬闖的話，肯定只有死路一條。

果然還是只能用「呵呵，其實我是自己人」那招了嗎？

別開玩笑了！不可能成功的啦！

用一貫的絕活，偽裝成帝國士兵？

不可能！時間不夠就算了，甚至連套軍服都沒有！

快想辦法啊……

快想啊……

大神休悟！快想啊！

於是，像是催告命運的鐘聲般，從那早已失去電力而停擺的手扶梯處，傳來了充滿殺機的腳步聲。

◎◆◎◆◎◆◎

在這被濃霧圍繞的城鎮之東，原本應該有著晴朗陽光的冬季天空，不知道從什麼時候開始下起傾盆大雨，數以萬計的水珠紛紛跌墜在地。

緊盯著空無一人的街道的每個角落，一個班的帝國士兵在大雨中戰戰兢兢的踏著雨水前進，整條街道除了雨聲外，一點聲音都沒有，寧靜的就像死城一般。

而在街道中，某棟樓房的屋簷上，悄悄的佇立著兩個身影。

「居然只是一般的部隊，左馬太果然因為蘭縣的突發事件而警戒著呢。」

如火焰一般的紅色身影撐著傘，站在如針線般落下的大雨中，傘下那張鬼面裡的雙唇隱隱暗道。

赤色的奇蹟，紅王。

「我還大費功夫的弄了場雨作為舞臺呢！實在有點掃興。」傘下的另一個身影，晃動著黑色的瀏海。鳳仙緩緩的將幾顆水藍色的琉璃珠夾在右手指間，左手則拿著像是菸斗般的東西，一道如絲線纖細的煙霧從裡頭飄出，像是連綿般的直達天空。

「雨為牢，水為鐐，湛藍之鎖禁錮遙遙。」她暗暗的背誦著。

接著，鳳仙右手向前一揮，幾顆琉璃珠飛散而出，最後在空中碎裂成許多碎片，雜亂的混進大雨中。

下一秒，渾然不覺的步兵們一個個像是被捆綁住似的停下了腳步，即使死命的移動雙腳，卻完全動彈不得。仔細一看，雨水就像鎖鏈般將士兵們一個一個捆綁，也像是蛇般的纏繞著，禁錮了所有士兵的行動。

「速戰速決吧。」紅王悠悠的抽出了腰間的「飛火」，將傘交給鳳仙，並將身子微微蹲低。

「趕著去看禮梨那邊的情況嗎？」鳳仙接過傘後，用沒有情緒的聲線問道。而紅王則輕輕的點了點頭。

「雖然說她不再變強點我會很困擾，但是她如果死了，就不只是困擾了，更何況那小子也在呢……」一邊說著並完全蹲下，紅王將身子稍稍往前傾去，「畢竟那孩子的力量是不可少的啊！」

語畢，紅王雙腳一蹬飛彈而出，如燕般的疾躍在空中。

同時，他手中的飛火則朝士兵們開了幾槍，最後那火紅的披風捲著雨水、隨著身體急落在地，手中的銀刃則伴著邁出的步伐揮舞了起來。

像在水中的魚、像在天空的鳥，紅王俐落地在一個又一個的士兵周遭移動著，銀光劃出一道道紅色的線條，濺出的鮮血攪和著雨水灑滿了一地。

根本不像在殺人，而像在跳舞一般。

紅王那舞姿踏出的死亡，很快襲捲了所有士兵。

最後，獨自佇立在雨中，腳下踏著的盡是鮮紅，紅王稍稍將手按住了頭，有些痛苦的模樣。

◎◆◎◆◎◆◎

休悟與禮梨緊靠著肩，距離之近，完全可以感覺到對方身上的溫度。

兩人只能相當緩慢輕微的讓肺部交換空氣，深怕發出一丁點聲響。就連調皮的莫那，也在這個時候相當安分的保持著寧靜。

似乎可以感覺到禮梨的呼吸，休悟以相當靠近的距離看著禮梨的側臉，而禮梨則是警戒著準備隨時行動。

就在這個時候，休悟想起那晚在女子澡堂的畫面，整個臉不受控制的漲紅起來，就連原本很劇烈的心跳也變得更快了。

慢著、現在不是想那個的時候！

硬是壓抑了腦裡的雜念，休悟屏氣凝神的等待著時機。

部分的帝國士兵作為探查來到了三樓，一、二樓也分別有著士兵看守探查。

走上三樓的士兵們緊握著步槍，小心翼翼的踏著每個步伐，十分謹慎的觀察著四周，深怕一個不注意露出破綻。

他們穿過了幾個凌亂的貨架，始終沒有見到逃跑的反抗分子身影。然而，就在越過了某個貨架之後，所有士兵像是發現敵人般的、同時舉起了步槍，瞄準著不遠處的身影！

但是扳機並沒有扣下，幾秒過後舉起的步槍紛紛放下。士兵們看著昏暗的前方，是好幾個穿著戶外服裝的人型模特兒，臉上才露出像是鬆了一口氣的表情。

但就在此時，角落並立的兩個身影卻移動了起來！

瞬間，數支步槍挺然而起，開啟了一連串猛烈的掃射！

如果那兩個身影真是反抗分子，恐怕也成蜂窩了。

因掃射產生的水泥塵煙頓時揚起，成為活靶子的兩個目標物應聲倒下，最後隱身於灰暗的空間中。

很快的，士兵們疾步向前查看，找到的卻是兩具布滿彈孔的模特兒。它們就立足於一臺拖板車上，而拖板車的一端則綁著乍看無法察覺、非常纖細的某種東西。

釣魚線。綁在上面的是釣魚線。

像是尋找著源頭般，士兵們不謀而合的將視線沿著釣魚線回頭望去，在那終點看見的是一頂露營用的帳篷。

不到一秒，有東西闖出了帳篷，新的景色覆蓋了他們的視覺！

閃耀的銀光，像慢速播放襲來的子彈——

火焰般的紅，紮起了馬尾襲來的少女——

禮梨拖曳著梨花如紅色的流星般奔來！

幾顆子彈在禮梨到達前，事先貫穿了幾個士兵的胸膛，灑出了紅色的油墨！

像是連鎖反應般，逃過一劫的士兵紛紛提起步槍，但在瞄準動作完成之前，用銀色槍刃揮灑的筆法早已深深刻在他們身上。

在如骨牌般的倒下後，最後映入士兵闔上前的眼簾裡的，是躲在帳棚裡拉扯著釣魚線的少年，以及他那有些灰白的頭髮。

「呼——闖關成功。」一如釋重負的吐了一大口空氣，休悟暗自呢喃。

但是沒有太多時間能夠暗自慶幸，樓上的騷動肯定已經傳到樓下了。

就算再怎麼厲害，禮梨怎麼說還是暫時失去了視力，不可能在這種情況下還擋得了子彈。因此，遠距離作戰對現在的禮梨來說相當吃虧。

必須像剛才一樣引開敵人的注意力，藉此創造能夠讓禮梨近身突襲的機會。

「有人要上來了，你有什麼好方法嗎？沒有的話我要闖過去了。」感覺到有人接近的氣息，禮梨慎重的對休悟說著讓人感覺像在開玩笑的內容。

「……」休悟再度陷入沉默。

我說，這不怕死的傢伙究竟是怎麼一路活到今天的？

「喵。」而休悟肩膀上的莫那，倒是一副事不關己的樣子。

休悟則有些生氣的瞪了牠一眼。

竟然陷入了這麼危險的局面中。

說到底都是這隻臭貓害的。

抱歉了梧桐，千萬別怪我讓你的寵物變成裸體貓啊！

◎◆◎◆◎◆◎

「遠山隊長，先前到三樓探查的士兵們全數陣亡了，趕去支援的士兵們搜遍了三樓，沒有發現反抗分子。」一名士兵在耳邊用有些不妙的口氣報告著。

位於二樓的遠山一臉快爆炸的樣子。

「逃走了嗎……給我守住二樓所有出入口！對方只有兩個人，絕不能讓他們溜掉！你們幾個人跟我來。」凶騰騰的下了指令，接著遠山領了幾個士兵，加入了對二樓的搜索。

透過窗戶，能看見外頭下起了微微細雨。

仔細的探查著，遠山與幾個士兵位於二樓的東側，謹慎的穿越了一個又一個貨架，周圍擺放著許多像是麵粉袋、調味料、乾燥食品等等的商品。當然，在荒廢一段時間的現在，那些商品恐怕都已經過期好一陣子了。

這座購物中心的構造大概是這樣的，一共有三層樓，加上一個地下停車場，地上三層的中間都設有接通上下樓層的電扶梯，而每層樓的東、西兩側各有一扇逃生門，唯一的對外出入口位於一樓的大門。

一樓的出入口與兩側逃生門已派人封鎖，二樓的電扶梯與兩側的逃生門現在應該也是。絕對的，那個小子想要溜出去是沒有可能的，除非他們會飛，或有從窗戶往下跳的心理準備。

絕對要讓那小子死得很慘！

遠山一邊在腦中整理著目前情勢、一邊燃起對那傢伙的憤怒。此時，一個士兵從他眼前不遠處的前方慢慢走了過來，似乎正在四處搜查的樣子，沒有任何應該讓人感到違和的地方。

然而，遠山的面孔卻緩緩起了反應，又像是開心，又像是憤怒，又像是興奮。

沒錯，是那張臉沒錯！冒充自己的身分侵入軍營，害得自己被降級！那張想忘也忘不了的可恨的臉！

似乎也意識到了，那士兵緊緊盯著眼前的遠山，難得停下的冷汗又在一瞬間飆出。

「給我抓住那小子！」

一聲狂吼，身後的士兵隨著遠山向前直指的食指，紛紛衝了上去！

雖然揹著步槍還是拔腿就跑，穿著一身帝國軍服的少年死命的大大跨著腳步，迅速轉進了一列貨架後方。

稍顯灰白的髮絲下，耳邊不斷傳來後方追趕的腳步聲，還有讓人寒毛直豎的槍響，少年踏在被兩列貨架隔成的走道，往中央的方向狂奔。

或許是恐懼心作祟，或許是腳步實在太過踉蹌，少年重心不穩的摔倒在地，磨破了手肘的皮，造成了一大片擦傷。

然而，彷彿像是要帶來絕望般，前方也傳來了一陣倉促的腳步聲。

這就是人家說的前後包夾吧？

最後，少年緊急的挺起了身子，並且慌慌忙忙的舉起步槍。

可是就算有步槍在手，以這個少年的射擊能力來說，別說要在被包夾的情況下藉此脫困了，即便要準確的開槍並殺死幾個士兵，恐怕都相當困難。

但是……

如果射擊的目標是那個的話，少年還是辦得到的。

胡亂掃射的槍響肆意的躁動，少年死命的朝著身旁兩列貨架上開槍，一袋又一袋滿載麵粉的包裝物就這麼輪番爆散開來。

不久後，這條走道的空氣中已充滿著四處飄散的麵粉，宛如被濃霧瀰漫，能看見的只有灰濛濛的一片。

帶著士兵追趕而來的遠山急忙停下了腳步。

「別進去，那小子是想引我們中計。」遠山阻止了原本打算衝進麵粉霧中的士兵，如此的指示著。

的確，即使是配有步槍的專業士兵，在看不見的情況下也毫無用武之地。而和那小子一起的紅髮少女相當擅長近身戰鬥，這肯定是個陷阱。總之，先等那些麵粉飄散，恢復了可視狀況再說。

正當遠山如此盤算時，一聲轟隆的槍響從霧裡傳來。

接著就像是引發一連串反應般，從隔著霧的另一端槍響不斷傳來，一顆又一顆的子彈不斷穿過霧打了過來！

「什麼！？」感覺到了危機，遠山趕緊躲到貨架轉角作為掩護。

來不及反應的士兵中彈倒地，沒有中彈的士兵則出於恐懼的胡亂朝著霧中開槍掃射。

聽到了槍響，就連駐守於兩側安全門、以及正在搜查的士兵也紛紛趕來支援。

從濃霧兩端發出的槍響一再增加，一聲槍響引起了一連串的不斷掃射，轟隆隆的掃射聲震撼了整個二樓。

最後，飄散在空中的麵粉終於稍稍散去，槍響也漸漸停止。

躲在貨架轉角的遠山，驚恐的朝那場混亂的方向看去，原本跟著自己的成員幾乎統統倒下，只剩下兩個茫然無措的士兵站著。同樣的，在原本被麵粉霧隔著的另一端，也倒了一群士兵，只剩下一名士兵一臉不解的佇立。

倖存的士兵們互相呆看著，完全無法明白發生了什麼事。

然而，遠山明白了。

那場麵粉霧確實是個陷阱，但目的和自己猜想的稍有不同。

奪走視線，製造恐懼與混亂——那小子打算讓東、西兩側夾擊的士兵自相殘殺啊！

忽然，某事物打斷了遠山的思考，一個火紅的身影從貨架頂端躍下！

身影拖曳著像是步槍卻又帶著銳利刀刃的武器，流利的斬殺了自己眼前的兩個士兵，最後順勢的轉了一圈，向另一端甩射出一枚銀彈，殲滅了那裡僅存的士兵。

發覺到了事態不妙，遠山趕緊拔腿往一樓死命逃去。

「差點就死了——」

以微妙的姿勢側躺在貨架裡，全身布滿了麵粉，休悟狼狽的說著。

在剛才那來往猛烈的槍林彈雨中，休悟一直躺在這裡祈禱著。要是有哪個笨蛋一急之下往旁邊的貨架開槍，自己很有可能已經不在世上了。

「這點子還不錯嘛。」用力的將梨花刀刃上的鮮血甩到地上，禮梨一派輕鬆的說著。

莫那也悠然的從另一邊的貨架頂端跳下，最後來到禮梨肩上。

「別說得這麼輕鬆啊！我可是拿命在賭啊！」一臉麵粉的抱怨著，休悟將身上的麵粉拍掉。

總算又逃過一劫，也順利的削減了相當數量的士兵，接下來就是想辦法突破一樓了。

「走吧，想辦法到一樓再重新擬定策略。」休悟將臉上的麵粉拍掉後，如此對著禮梨說道。

「我已經有策略了。」然而，禮梨卻做了這樣的發言。

「啊？」

隨著休悟發出不解的疑問聲，禮梨的眼神變了。

「那個……妳真的不是在開玩笑嗎？」還是抱持著相當的擔憂，休悟捧著莫那，膽戰心驚的踏著往下的每一步。

他與禮梨正大搖大擺的走在購物中心中央通往一樓的電扶梯上。

「千萬別指望我能掩護妳啊、和妳一起作戰之類的，我可是統統不會喔！」一再的提醒著，自己的技能中不存在作戰這一項。

「無須擔心，你只要站在後面躲著就行了。」禮梨冷靜的說道，將有些鬆掉的馬尾重新綁好。

事實上，休悟到現在還是對於禮梨的「策略」感到相當的擔心。

不對，那樣的「策略」真的還能叫作「策略」嗎？

「由我正面擊破他們。」

休悟回想不久前，信心滿滿如此說著的禮梨。

於是，決定命運的時刻到來。

在電扶梯上停下了腳步的休悟，大老遠就看見了購物中心的入口處，那看起來相當不妙的一排影子。

「等著受死吧，小毛賊！」緊握著拳，灰頭土臉的遠山大……少尉，一臉陰險的暗暗說道。他正站在一排蓄勢待發的士兵後方，以相當安全的距離，準備好好觀賞反抗分子的下場。

配備著基本的步槍不用說，但令休悟感到最為顫慄的是，站在中央的士兵手上扛著的那危險武器。

「那個，太過火了吧？」休悟緊盯著那玩意兒，不自覺的發抖。

由鋼所製的腳架支撐著佇立在地面，漆黑龐大的身軀微微透著金屬的光芒，筒狀形體前端裝置的錐狀物，讓人直接聯想到「摧毀」兩個字。

Ｍ２２４反坦克迫擊炮。

太危險啦！那玩意兒連坦克車都能一口氣毀掉啊！

不可能突破的、就算那傢伙已經……

「你就好好坐在這躲著吧，接下來的交給我。」然而禮梨卻一點反應也沒有，丟下這樣的話後，自顧自的走下電扶梯，凝視著眼前的數把步槍以及毀滅武器。

「妳、妳真的不再考慮一下嗎……對方可是全員都配備著武器耶！這樣絕對不可能正面突破的吧！？」驚恐的在後面嚷嚷著，休悟完全無法想像面對著那種東西究竟要怎麼正面突破。

「無須擔心。若連區區子彈都害怕的話——」身子稍稍前傾，禮梨緊提梨花，雙腿微蹲，「是當不了特攻班的！」

「那才不是子彈、是飛彈、飛彈啊——」

休悟的話還沒說完，禮梨的身影早已挾著不可言喻的氣勢飛衝而出！

「全軍攻擊！」

另一端，遠山猛然的扔出命令，數不清的銀彈奪膛而出！

無數飛梭的子彈相互貫穿空氣，朝著目標行進，整個空間的氣流似乎都因此而變得散亂，火光交互著槍擊聲，合奏出驚險的奏鳴！

然而，禮梨的腳步並未因此踉蹌，反倒是有如輕躍在水面上，靈活的點躍著步伐，以美麗的曲線流梭在子彈與子彈中的間隙。躲過能躲過的子彈，躲不掉的就用梨花精密的彈開，禮梨如疾風似的靈敏的鑽出一道能夠前進的路線！

若是將時間再往前推移一點，即使是禮梨，在失去視力的情況下也不可能做到這程度，但是……

禮梨已經在不久前恢復了視力。

雖然剛剛恢復了功能的瞳孔還不太能適應光線，但幸運的是這棟廢棄的購物中心相當灰暗，讓禮梨不至於陷入恐光的狀態。

此時，可怕的武器卻蠢蠢欲動，精準調整的讓拋射角度鎖定在禮梨身上。

緊接著，狙擊手的食指扣下，帶著致命力量的怪獸，伴著一聲轟天巨響狂妄的撕裂了氣壓，來勢洶洶的朝著禮梨迫進！

而禮梨卻似不為所動，持續閃躲著以公分之差穿過的子彈，只是稍稍的抬了頭，盯著正下壓飛來、那個極具魄力的目標。

瞬間銀光一閃，一道氣流像是停在槍刃前端的飛鳥般，猛然的展翼而飛，朝那毀滅怪獸撲身而去！

「轟————」

爆炸！巨大的爆炸！

禮梨揮出的斬擊與迫擊彈在半空猛烈碰撞，迸發了如煙火般的巨大火光！

輕輕的下壓著身姿，抵擋著衝擊的禮梨持續奔跑著，下一秒她的身體已悠然的滯留在半空中，似乎無所畏懼的闖進了爆炸引起的煙花之中。

如此不可置信的畫面竄進了每一個士兵的雙眼中，但他們沒有太多時間去讚嘆這個對手。操縱著迫擊炮的士兵填裝完畢，緊接著便要發動下一次攻擊。

此時！從那開在半空的煙花中，一枚閃爍著銀光的子彈，在剎那間鑽向了原本蓄勢待發的怪獸，就像是飛蛾撲火一樣！

但可想而知，這飛蛾所引發的火焰，可不只是一般的程度啊！

彷彿時間的引擎被神暫時取走了，一切都慢了下來。

在緩慢的流動中，以那座令人恐懼的迫擊炮為中心，周圍的士兵紛紛四處逃散而失去了隊形，就連原本操縱迫擊炮的士兵都狼狽的只想儘快遠離，深怕那頭怪獸在尚未出擊前就先奪走了他們的生命。

但人類怎麼可能跑得比子彈快呢？

「轟磅——」

爆炸！第二次巨大的爆炸！

空中的煙花尚未凋謝，緊接著地面又綻出一蓮火紅！

無數的士兵被爆炸帶來的強大衝擊甩向四方，在波及範圍外的士兵也早已散亂了隊形，更別說原本進行的攻擊了。

時間的油門再次催足了馬力，一切都回到了應有的速度！

從逐漸消散的煙霧中，有如躍出帷幕般，禮梨現出了身影。她高舉著的梨花就像隨時都要斬下一樣，最後連人帶槍下衝俯墜，華麗的降臨在地面先前爆開的煙花中！

在梨花的槍尖觸到地面的那一瞬間，數道鋒利的氣流以禮梨為圓心，挾帶著灼熱的火焰向四面八方飛散而出！襲向殘存著的、毫無防備的士兵。

簡直是朵綻放在一片紅蓮中的梨花。

禮梨微微喘著氣，衣服及部分的肌膚上留下了在煙花中染上的塵埃。

看著早已失去勝算的士兵們，一個個在火海中發出了哀號，遠山顫抖著全身連忙退了好幾步。

「報告報告！A隊與C隊的無線電完全失去了聯繫！恐怕全被殲滅了——」被手汗沾滿了的無線電，不斷發送著來自D班的訊息。

「混帳！」急忙的轉身狂奔，遠山死命的逃離。

紅王與鳳仙靜靜的佇立在購物中心大門的屋簷之上，看著遠山狼狽的身影越來越遠。

「不解決嗎？」鳳仙如此問著身旁的紅王，輕輕梳著黑色的長髮。

「讓他回去好好誇耀我們的強悍吧。」撐著傘的紅王輕聲說道，鬼面下的嘴角淺淺揚著，接著回過頭，透過窗戶看著裡面的景象。

「看來那孩子大幹了一場呢。」

下一秒，鏡頭切換到了休悟那張還沾著些麵粉、呆然的臉龐上。

「原來那傢伙不是開玩笑啊……」

坐在遠處的電扶梯上，捧著莫那的休悟茫然的看著，看著那在一片火海中舞動著身軀的禮梨的身影。

又美麗，又強悍。

明明已經度過了危機，休悟的心卻還是怦咚怦咚的躁動著。

◎◆◎◆◎◆◎

「總之，你們兩個都沒事真是太好了。」一邊處理著休悟手肘的傷口，梧桐瞇著眼微笑說道。

「痛啊痛啊──」而休悟則痛得大呼小叫，先前的緊張感已經完全消失了。

相較之下，在承受了兩次的爆炸衝擊，禮梨身上的傷口似乎比休悟嚴重些，但她卻像一點也沒事般，只是靜靜的坐在一旁喝水。

「小梨總是這麼亂來呢，讓我幫妳處理傷口吧。」結束了休悟的部分，梧桐用著擔憂的口氣說道，接著幫禮梨處理傷口。

「抱歉……哥哥。」面對禮梨說著的歉疚，梧桐只是輕輕的笑著。

「別太勉強自己了，我會很擔心的。」他溫柔的說道。

而在這個用來聚集成員的總部大廳中，四處能聽得見紅巾眾的歡欣鼓舞，無非是因為又獲得了一次勝利。

只見拉厚克拿著啤酒豪飲，接著走向休悟，一把重重的拍了下他的手臂，被牽動的傷口讓休悟又哇哇的叫了出來。

「幹得好啊休悟小兄弟！只靠兩個人就擺平了呢！」拉厚克豪爽的說著，又開心的灌了口啤酒。

聽著拉厚克這麼說，某種感覺在休悟心裡稍稍浮了出來，大概是「原來我也能做到這種事啊」這樣的感覺。這種幾乎從未出現過的感覺，讓休悟不禁笑了出來。

「梨花也需要好好保養了呢，先交給我吧，小梨現在要做的事就是好好休息。」看似吃力的提起梨花，梧桐拍拍禮梨的肩說道，而禮梨輕輕點著頭。

「我也幫忙吧，梧桐？」雖然想多偷懶一會，但休悟還是作勢起身的回頭如此問著。

「阿休也好好休息吧，你今天已經很辛苦了喔。」笑著說完後，梧桐便朝支援的廠房而去。

「今天謝謝你了。」

轉過頭來，一隻在白皙皮膚上有著些許擦傷的手出現在休悟眼前，伴隨著那樣的話氣，讓人可以相信是真心的。

聽見這樣的話語似乎有些訝異，休悟慢慢的伸出了手，輕輕的握著。

雖然不是沒被別人說過謝謝，但這樣的感覺倒是頭一遭，尤其是來自她——

休悟抬頭看著那頭紅髮的主人，似乎有些緊張的樣子。

看著這樣的禮梨，休悟輕輕的點了點頭。

「各位。」

忽然！簡短的話語響起，但卻像每個字都充滿重量般，讓原本因歡欣鼓舞而躁動的現場一下子就變得安靜。

在大廳前方的臺上，一個讓人再熟悉不過、難以言喻的身影聳立著，光是看著那姿態就讓人感到安心。

紅色的披風，像是長著一頭鮮紅怒髮的鬼面，腰間那彎線條優美的銃劍。

赤色的奇蹟，紅王。

「別因小小的勝利而懈怠了，我們還有更為艱難的挑戰必須面對。」

充滿力量的話語瀰漫著，令眾人無一不把視線聚集在他身上，紅王向前站了一步。

每次見到這個傢伙總是如此的被震懾住，休悟緊盯著那像火焰般的姿態。

這傢伙的面具下究竟存在著什麼樣的面容？究竟是怎麼樣的存在？

「三天後！三天後我們就要拿下蘭縣！到那時候再來高歌吧！」

紅王的右手猛然向前一揮，紅色的披風像被狂風吹動般的飄盪了起來，像是呼應著這極具魄力的發言一般！

靜靜聆聽著紅王的計畫，緊握著拳心，休悟的臉頰上，冷汗像露水般的滑過。

◎◆◎◆◎◆◎

紅酒的汙漬還殘留在昂貴的地毯上，整個室內的裝潢與擺設顯得相當華貴，但因為黃色的燈光，讓整個室內顯得有些昏暗。

「大人，那支軍隊幾乎被殲滅了呢，逃回來的傢伙們一個個嚷嚷著他們有多可怕，實在是有些煩人啊。」爪磨鬼用著玩笑般的口氣說道，因為無聊而交互摩擦著的雙手利爪，發出不太悅耳的聲響。

果然是陷阱嗎？稍稍這樣的思考著，左馬太微微抬起頭，透過有著精美框架的那扇窗戶，凝視著窗外的月光。

「無所謂。」淡淡的說道，左馬太移動著右手的指頭們，似乎在計算什麼。

「啊——對了，飛槍丸要我向您報告，蘭之神社已經照您要求的布置完成了，一磚一瓦都精準的沒有半點誤差呦。」瞇起右眼伸出食指，爪磨鬼似乎俏皮的微彎著腰說道。

而左馬太只是輕輕點頭，並指示他離開。

「大人，接下來的每一個行程，我、都、相、當、期、待、呦。」

帶著興奮的語氣有些詭異的說完後，爪磨鬼消失在房間的那扇門之後，整個室內恢復了只有左馬太一人的寧靜。

接著，左馬太打開了身旁那有著精緻雕紋的木櫃抽屜，從裡面拿出了一疊看似有相當年代的紙張，似乎是本古書。布滿了象徵歲月的泛黃、斑駁、青黴，左馬太輕輕的將它擺在眼前。

封面的部分，似乎題著「月見儀」三個漢字。

左馬太輕輕的翻了開來。

◎◆◎◆◎◆◎

「發生了那樣的事啊……」

徐徐順著蒼白的鬍鬚，治奧站在總督辦公室中一幅巨大的浮世繪壁畫前，耐心的聽完了休悟的驚險故事。

「我說老頭——你的情緒可以再澎湃些嗎？我可是差點死了啊！」休悟氣呼呼的說

著，語氣像是在怪罪治奧沒有事先通知他一般。但是這件事在先前已經向老頭確認過了，不久前的襲擊是左馬太下令的行動沒錯。

「沒有升遷機會加上沒有國家補助就算了，還得老是面對這種生死關頭！我絕對是全國最苦命的皇軍！還不如去充滿女高中生的學校當教官！」滔滔不絕的抱怨，休悟實在相當埋怨自己的工作內容。

「在黑暗中保護著國家，小子，你現在做的事可是相當榮耀喔。」然而老頭只是輕拍著他的肩，像是在安慰一般。

「少來了，別用那種英雄式的形容來搪塞我——我可承受不起啊！」聳了聳肩、不領情的說著，就連休悟也實在無法同意自己是所謂的英雄。

只見老頭那爬滿皺紋的手，指著身旁那幅巨大的浮世繪壁畫。壁畫的中央描繪著身著一身莊嚴鎧甲，面貌威武的將軍，他的右手撐著一把看起來又長又利武士刀，左側則佇著一隻深黑色的黑狼。

「破光之太刀『治奧』，暗影之黑狼『大神』，世世代代侍奉天孫永不止息。」老頭悠然說著休悟聽過好幾次的故事，接著和藹的看著休悟笑道：「身為大神的你難道當不起英雄嗎？呵呵。」

日之本帝國自古便有兩支家系，世世代代傳承著血脈，侍奉著歷代天皇、保護著國家。其一是「治奧一族」，其二是「大神一族」。

然而，雖然有著同樣的使命，雙方身處的位置卻是大大的不同。相對於一向沐浴在光明之下，捍衛著皇室的治奧一族，大神一族自古便總是受天皇之命，埋藏於黑暗，活在影子之中，用各種不能見光的手段滅絕對國家的威脅。

說來諷刺，即使身為大神的最弱，現在的休悟不也是生活在見不得光的那個角落嗎？

「休悟，別老是看輕自己了。還記得嗎？你可是大神中唯一被我選上的傢伙啊！」

老頭子語重心長的語氣，隨著話語傳進了休悟的腦裡，然後勾起了回憶——

簡直像是個玩笑般。

作為混雜著外族血脈的「不純」而誕生。

在失去了雙親之後，只能依靠自己軟弱的雙手生存的那段歲月。

沒有半點大神該有的才能。

那樣格格不入的自己，那個最後被驅逐的自己。

羞辱的時光，一族中最弱的傢伙，名符其實的最弱。

是誰在那時對自己伸出了手呢？

看著眼前的治奧，休悟很快的收起了回憶，接著試圖轉移話題避免回想。

「對了，老頭，你前幾天似乎得罪了皇子呢，還真是膽大包天啊——不怕天皇怪罪下來？」故作悠哉，休悟用調侃的語氣說道。

「呵呵，我在二戰殺敵奮戰的時候，那小子都還沒出生呢！老頭子我還有點面子，天皇陛下肯定可以理解我的用心。畢竟教育皇子殿下，也是老頭子我的責任。」治奧悠然說道，一邊輕撫著訴說歲月的鬍鬚，「不過，出了這樣的事，對付紅巾軍勢的事恐怕得儘快進行了。」

「唉，大神也是，治奧也是，怎麼每個人都對皇室忠心得一塌糊塗啊……」無法理解的說道，休悟攤著雙手。

「小子，『大神』原本是寫作『犬神』的，你知道嗎？」老頭輕輕的問道，看著一臉茫然的休悟，接著說了下去：「少了的那一點，可是代表著把心臟以及忠誠一起交到了天皇大人手上啊！」

「原來是這樣啊。」似乎不太感興趣，休悟敷衍著。

「對了，小子，你大老遠的連夜趕來，該不會就是為了說你的驚險故事，順便找老頭我聊天吧？」

這樣的一句話，讓休悟停頓了一下，接著回憶起了差點忘記的重要事情。

「啊！對了！三天後！紅王三天後就要正式拿下蘭縣了！」急忙的吐出口，休悟有些慌張的樣子，從背包裡拿出了文件，上面有著自己所記下的紅巾軍勢的行動計畫。

「哦？真有此事？」老頭面色一凜，隨即接過文件。

「你剛才也說了吧？對付紅巾軍勢的事得提早進行，那接下來該怎麼辦？要繼續暗中協助他們，還是……」休悟說著說著，腦中卻不自覺的掠過了紅巾眾們的面容。

打斷，將沒有必要的跑馬燈關掉。

別開玩笑了！

既然一開始就知道目的，事到如今還說什麼捨不捨得的就太可笑了。

屏除了雜念，休悟將眼神再次專注在治奧的話語上。

「老頭子我啊，很久沒有活動活動筋骨了呢。」沒有回應休悟，治奧輕抬那看似蒼老的手掌，動也不動，只是看著。

「啊？」

隨著休悟的不解，治奧忽然緊握了拳。

「老頭我要親自出馬。」

眼中，瞬間迸出了火光。

◎◆◎◆◎◆◎

水氣、霉味還有藥草味胡亂的混雜在一起，飄散在這並不算大的室內。

從窗子透進的微微月光，灑在緊靠床鋪那櫃被擺滿的瓶瓶罐罐上，它們由於床鋪上正發生的事情而不斷晃動著。

交疊著的身軀，同樣的爬滿了汗珠，有著固定節奏的喘氣聲，雙雙呼應著床鋪撞擊藥櫃發出的聲響，陪襯著那兩個猛烈翻覆的身影。

過了好一陣子後，才終於停息了下來。

沒有多餘的動作，一個身影離開了床鋪來到窗邊，從附近捎來一條浴巾，擦拭著那布滿汗珠的平坦胸膛，將另一個身影獨留在床鋪上。

用棉被輕輕蓋著豐滿的胸膛及曼妙的身軀，另一個身影緩緩的坐起，捎起櫃子上的梳子，將一頭因汗而糾結的黑髮順開。

鳳仙坐在床上，凝視著窗邊的那個身影。

「房中術的抑制似乎也已經到了極限。」語氣是那麼的平淡，鳳仙的雙唇隱隱吐露著事實。

背對著鳳仙，那身影似乎沒有反應，只是將手按著額頭。

「不解決那小子，放任著他去做，真的好嗎？」緊接著提起了疑問，鳳仙維持著冰塊般的表情。

「嗯，他相當重要。」那身影斷定的說著。

而鳳仙似乎能夠理解話語中的「意思」，但卻無法明白其中的「意義」。

最後，鳳仙緩緩的起身來到那身影的身後，最後一把緊緊的抱著對方。什麼話都沒有說，她將臉緊貼著對方的背，只是緊緊抱著。

「鳳仙，妳還記得對我的承諾嗎？」

語氣很輕，輕得不像這身影的主人。

「永遠……服從紅王。」鳳仙淡淡的回答，眼神中難得出現了不安，雙手又抱得更緊了些。

最後，那身影轉過身來，捧著鳳仙那張稍顯紅潤的臉，輕輕的吻在額頭。

「放心吧，紅王是不會死的。」

在月光的照映下，那人暗暗道著。

第三章 開始的結束

彷彿是場下不完的雨，稀里嘩啦的雨滴不斷從天空淋下來，毫無間斷的打在貨櫃車的車窗上，像是要將車上的汙垢都洗去般。

用毛線帽遮住那顯得有點灰白的頭髮，身穿一襲像是油漆工的工作服，休悟開著貨櫃車，行駛在午後的蘭縣公路上，後面似乎還跟著幾輛車。

駕駛座上的休悟嚼著口香糖，一副沒精神的樣子。

「阿休，今天似乎精神不太好？不振作起來，可是會影響計畫的喔。」坐在副駕駛座上，穿著相同的工作服，稍稍離開椅背的梧桐如此提醒著。

「我說，有想過自己為什麼加入紅巾軍勢嗎？梧桐。」休悟一邊開著車，一邊隨口向梧桐問道。雖然梧桐的身高和他差不多，但體格看起來就是瘦弱了些。

「阿休真愛開玩笑，因為我是高砂人嘛。」梧桐幾乎沒有太多思考，「不希望被當成次等公民對待、盼望守護自己的故鄉，大家都是抱著這種心情吧。」說著幾乎是每個紅巾軍勢的成員都會擁有的理由。

「故鄉啊……」休悟低聲的自語，最後微微苦笑了一下。

稍稍的瞧了休悟一眼，梧桐將身子放回椅背。此時，一隻麻雀停在貨櫃車的擋風玻璃前，在這場雨中稍作休息。

「那麼阿休呢？」打發時間般的開了口，梧桐如此反問。

「我嘛……」不自覺的思考了起來，休悟嘴裡的口香糖隨著運轉的腦袋，不斷的被嚼了文嚼，「大概是為了一個容身之處吧。」直視著前方，休悟淡淡的說著。

而梧桐沒有回話，似乎想要繼續聽下去的樣子。

「說起來，我對守護高砂之類的，一點積極的想法也沒有呢。加入紅巾軍勢也沒有什麼特別的理由……想要一個讓自己能做點什麼的地方、知道自己能做到什麼程度的地方，一個……需要自己存在的地方吧。」休悟斷斷續續的將字句吐了出來，內容聽起來似乎有些詞不達意。

然而，這樣的結論對休悟來說，是謊話，也是實話。

「很像阿休會說的呢。」輕輕的笑了出來，接著梧桐將視線移到了休悟身上，「馬上就讓阿休實現願望喔。」說完後，他的目光放到駕駛座外的前方。

榴彈爆炸的聲音、步槍射擊的聲音、金屬碰撞的聲音、人類的哀號甚至直升機揮動旋翼的嗡鳴，隨著車窗外傳來的那些掩蓋了雨聲而來、越漸劇烈的各種令人不安的噪動聲響，休悟和梧桐雙雙將精神提起警戒著。

「前線的夥伴們現在很需要我們的支援喔。」

拍了拍休悟的肩，梧桐下了結語，聲音幾乎要被那猛烈的炮火聲蓋了過去。

受到了驚嚇，麻雀冒著雨狼狽的飛翔，朝北方飛向那不得安寧的天空。

順利的話，今天就是一切結束的時候了。

將視線隨著那麻雀飛向灰濛濛的天，休悟的心中占據著某種複雜的感覺。

啊，已經來到交戰區了。

麻雀向北方筆直滑翔了五百公尺左右，在那裡最高的一棟大廈屋頂上駐足，就躲在某個背影之後的那座水塔下，躲避著雨水侵襲。

烏黑的髮色就連在陰暗的雨天都微微閃著光澤，那背影呈現出女性完美的線條，從東北方向吹來的風將那頭長髮微微拂起。

鳳仙正撐著一把小傘，站在看起來岌岌可危的頂樓圍欄上，俯視著下方街道上、在雨中紛亂著的戰場，屏氣凝神。

由於先前幾日的零星攻擊，蘭縣的帝國平民幾乎都已離開這隨時會淪為戰場的居住地，毫不停歇的雨勢，放肆的打在一棟棟杳無人煙的建築上。

蘭縣位處東面向海、三面環山的平原地形中，看起來就像個畚箕一樣。因此，當冬季的東北季風連綿的從海口灌入，就相當容易形成像現在這樣下個不停的雨勢。

左手掌上平放著羅盤，鳳仙仔細的端詳著周遭的一切。

「鳳仙小姐，您指示的物件已經在各指定處安置妥當了！」此時，一名紅巾眾急急忙忙的來到鳳仙身後通報。

「很好，立刻去進行下一階段的行動。」鳳仙幾乎沒有情緒的如此說道。

「是！」緊接著，紅巾眾便迅速的離開。

事實上，若從蘭縣上方鳥瞰，鳳仙所處之地正是其置中點的市中心。而以鳳仙為圓心的五個方位高處，分別有著被指派的紅巾眾所設置的器具。若將這五個方位視成「點」並用「線」將之化為「面」，簡直就像是要包圍般的，幾乎將蘭縣整個覆蓋著。

鳳仙緩緩收起羅盤，不久後取而代之出現在左手中的，是一柄紙扇。而被鳳仙俐落攤開的扇面上，像是被紅色蜈蚣爬滿似的、用朱砂記載著密密麻麻的符文。

「龍橫西南向由東衝，水止於此赤紅之砂，南穴之兵臨北而驅。龍橫西南向由東衝，水止於此赤紅之砂，南穴之兵臨北而驅。龍橫西南向由東衝，水止於此赤紅之砂，南穴之兵臨北而驅……」不斷在雨中揮舞著那紙扇，鳳仙閉起的雙眼下，唇舌不斷重複背誦著無法理解含意的字句。

背頌速度隨著那朱紅色的符文搖曳，漸漸的加快著，汗珠也一滴滴從鳳仙臉頰滑過。最後，那在雨中揮動著的紙扇不但沒有淋濕，甚至還起了火。焰火逐漸將紙扇化為煙灰，並隨風被四處吹散，凌亂的飄盪在天空中。

剎那間，鳳仙能感覺到周圍的什麼，正因為此術式發生著變化，並且連鎖般的向外擴散開來，將那樣的變化捎向更遠的地方。

大源的「氣」發生了變化，蘭縣所在的這片大地之「經脈」被改變了。

就像原本無色無味的水加了鹽會變鹹，加了糖會變甜，加了色素就會產生顏色。

不過，鳳仙現在所做的是比起「添加」更加複雜的「分解」與「調合」，因此需要花費更多的氣力及時間。

將大地上飄散的氣甚至是靈脈之屬性加以修改，來造成氣候的變化、影響該地之人的精神體力，甚至將運勢引導至自己希望的方向，或者利用對於地理、靈脈、星相的觀察，來預測未來的事蹟。能達到這種效果的各種術式被統稱為「風水術」，或是「堪輿」。

「差不多也該停了，這場雨。」輕輕的擦去臉上的汗珠，算準般的將雨傘收起，鳳仙站在烏雲悠然散去的晴朗天空下，再次將目光凝向地面上的戰場。

而最後的一滴雨水，被星球的重力引導著，一路從高空往下跌落。

「看我的全壘打！」

那滴雨水最後滴落在被拉厚克連根拔起的公車站牌上。

下一秒，拉厚克粗壯的雙手舉起，揮棒般的將數個帝國士兵狠狠擊飛！那力道恐怕能讓胃裡的所有東西統統吐出來，雖然不知道身體裡的那些器官能否正常運作就是了。

「哦，雨一停，動作都俐落起來了啊。」將站牌重重的插進水泥地裡，拉厚克似乎有些開心的說著。

忽然！幾發子彈從後方釘進了拉厚克寬闊的背！

拉厚克背後的布料被弄出的幾個洞，微微冒著煙硝。然而，接下來冒出來的，卻是幾顆原本應該陷進肉裡的彈頭，然後子彈先後紛紛掉落在地。

拉厚克將被破壞的上衣褪去，豪邁的扔在一旁。被子彈擊中的、那刺滿了圖騰的背部上，有著幾顆子彈造成的焦黑痕跡，但卻沒有傷口。

而刺在背上那些有如龜殼般的圖騰，微微發光。

拉厚克轉身，銳利的雙眼緊盯著幾個目瞪口呆的帝國士兵。

「喂，這樣很痛啊！」一邊說著，拉厚克按壓著的手指關節嘎嘎作響。

瞬間！拉厚克一個箭步向前，那雙腳上的圖騰綻著光芒，如豹般的腿力讓他電光石火間闖進士兵開槍的盲點！

躲過了一發子彈，拉厚克右臂綻芒，顫顫欲轟。

來不及再一次瞄準前，爆炸性的右鉤拳粉碎了第一個士兵的臉骨。

還來不及將扳機扣下，拉厚克的膝蓋已撞進了第二個士兵的胸腔。

在將子彈擊出的瞬間，被輕鬆地折彎了槍管的第三個士兵的步槍。

準備拔腿逃跑的時候，被步槍膛炸碎片波及的第四個士兵的臉孔。

慌張的跨出了第一步，像被野狼從後面咬碎的第五個士兵的頸部。

在逃到牆邊的那一刻，一把被摔在地上不動的第六個士兵的身體。

在不到五秒的時間內，將六個士兵擊毀，拉厚克的警覺心在下一個瞬間提醒著他注意，來自約十公尺外的那波攻擊。

危險得不得了的攻擊。

「射擊！」扛著火箭筒的帝國士兵破口大喊。

接著像隻聽從命令的獵犬一樣，一枚噴發而出的迫擊彈，燃燒著空氣、拖曳著灼熱的尾巴，向拉厚克直衝襲來！

不動。在飛彈逐漸接近的幾個毫秒中，拉厚克動也不動，只是等待。

壯碩的雙手向前伸直，他一點逃的意思都沒有。

最後，就在迫擊彈來到手臂能夠觸摸的距離範圍之時，他身體火速向左側移了一步，伸出的雙手穩穩的扶上迫擊彈那有些炙熱的金屬外殼。

「這玩意兒……」以左腳為軸心，拉厚克扣著這隨時會綻出殺人火光的凶器，連同身體轉了一圈，「還給你——！」雙手一推！

最後讓迫擊彈以將近兩倍的速度飛了回去！

在十公尺之外的帝國士兵們身上綻開光芒。

「哼。」戰意高昂的姿態，拉厚克的興奮彷彿要從鼻孔噴出來般，亢奮感湧上了全身上下。

然而，不肯給予喘息機會的攻勢再一次指向拉厚克。

一枚帶有強大殺傷力的銀色子彈，在不到一秒的瞬間削過了拉厚克的右肩！

比起一般步槍子彈更具威力的這枚銀彈，若不是拉厚克剛剛向左移了一步，此刻恐怕已經鑽進拉厚克的腦袋裡了。

但是，催債般的奪命攻擊還不只如此。從剛剛就像蟲子般、不斷在空中來回盤旋的那些玩意兒，由帝國士兵操作的機槍正從上空不斷送來如雨般的子彈。

急忙來到一旁民房的水泥屋簷下，以此作為暫時掩護的拉厚克思考著現在的情勢：埋伏在建築中的狙擊手，還有來自直升機的空中攻擊……

事實上，拉厚克並不擅長使用槍炮等射擊武器，面對這樣的遠距戰實在是相當不利。雖然身上配有榴彈，以拉厚克驚人的力氣，要把榴彈丟向狙擊手或直升機並非難事。但是對現在處於交戰亢奮狀態的他來說……恐怕還沒扔出去，就因為那不懂收斂的握力而爆炸了吧。

遠距戰的無力，以及一旦亢奮便無法自在的控制力道，拉厚克戰鬥的最大弱點，在此時稍稍暴露了出來。

但是，拉厚克的餘光注意到了那個奮戰之中的身影，那個眼神像暗示般的，提醒了他下一步的行動。於是花費了最快的判斷時間，拉厚克微彎著身子如雷奔出，接連倉皇的閃過了一波波狙擊與彈雨，並隨手將街邊的汽車車門俐落扯下！雙手各一。

透過狙擊器見到這樣景象的槍手們，以及在上空盤旋的機槍手，即使對這離譜的怪力感到震驚，但仍能很正常的做出「他打算拿車門來當盾牌」這樣的判斷。

但接下來，拉厚克便破壞了這樣的判斷。

很快的用餘光瞄掃四周，接著拉回視線，拉厚克緊接著把兩扇車門像飛盤又像鐵餅般的先後往空中扔飛！

車門朝著狙擊手所在的水泥建築三樓窗臺直飛而去。

再次透過狙擊器見到令人驚訝的景象，但槍手們面對這即將飛來的兩扇車門並不感到害怕。因為他們知道以這車門的大小，是不可能通過窗臺的，而且就算那男人的氣力再怎麼大，車門也無法穿破厚重的水泥牆，所以他們只是將身子往後稍退了一步。

兩扇車門克服著重力，一前一後、一高一低，似乎拚命的迴旋爬升。

地面的拉厚克緊盯著車門，揚起的嘴角微微牽動臉上的黥面。

「交給妳了！」拉厚克吼道。

倏忽的！一個不知何時端站在電線杆上的纖細身影，扛著頗具分量的兵器靈巧一躍，先是踏上了其中一扇車門。但那踏足沒有停留太久，只是作為瞬間的立足點及作用力面，緊接著猛然一蹬，滯空的身影踏上了第二扇車門，所在的高度也隨之提高，就像在爬樓梯一樣。

呆然的狙擊手們，眼簾中那在陽光下熠熠生輝的紅色馬尾，飄擺著的姿態更顯得像在燃燒。纖細身影那銳利的雙眼，目光像刀一樣飛射而出，映襯著身上那把銃槍的刀刃是多麼鋒利。

禮梨那強悍的身姿，美妙的躍動在空中。

腰一挺！禮梨又一個蹬步離去了第二扇車門，靈巧的姿態就像燕子一樣來到四樓之高的半空中，就在瞬間置身於狙擊手所在的窗臺上。

禮梨拖曳著的梨花，那上面精緻的雕紋，在日光下顯得清晰。而那由金屬所製的槍口，冷冽的反射陽光折出光芒，銳利的打在仰視死亡的狙擊手們臉上。

「韃韃韃韃韃韃韃韃韃——」

梨花的槍膛滾燙著並送出了好幾發子彈。被貫穿身體的子彈挾帶著，狙擊手們的鮮血灑在一旁斑駁老舊的水泥牆上，像在屍體旁開出了弔祭的花一樣。

但還沒結束，禮梨讓自己來到這個位置的目的，不只是要將狙擊手解決而已。

「紅巾眾！全部立即向後撤離！」拉厚克貫耳的大吼，竄遍了地面驅使著紅巾眾移動腳步。

正當那滯空的身軀即將要進入下墜階段之際，禮梨一個踏足落在建築的牆面上，接著像是跑在垂直的水泥建築壁面一樣，再次蹬腳而飛的禮梨躍在五樓高的半空。

這個高度的話，即使只是禮梨的力氣也足夠了。

迅速的捎起腰間配備的數顆榴彈，用粉嫩的嘴唇將插栓全拔開，禮梨猛然投出。

下一秒，漆黑的榴彈飛越了數公尺，掠過陷入恐懼的機槍手上方，像是掉進果汁機似的，陷入一架架直升機旋翼的迴轉攪拌中，在受到幾次猛烈的撞擊後，引發了可想而知的後果。

爆炸，竄開的烈焰讓旋翼化為碎片！

「找掩護！」拉厚克發出號令，緊接與數個紅巾眾將身子掩靠在暗巷中。

失去了翅膀的鐵鳥們，無法飛翔的從天空退位，猛地螺旋疾速下降跌墜！

空中的禮梨藉用腰力以順時針方向迴身，俯著身子下衝，眼看就要摔在地面變成一攤血肉。但在剎那間，梨花鋒利的銀刃隨著斬擊，劃出一道猛烈氣流向地面飛梭！最後爆裂了路面，挾帶著碎土塊化成了和緩的上升氣流。

隨著直升機的墜落而在地面上形成越來越大的影子，捲進了不及逃避的帝國士兵、捲進了滿載油料的車輛，在地面引發了一連串更大的爆炸！

飄散著一頭耀眼紅髮，以絢爛無比的紅蓮火光作為背景、襯著帝國軍交響的哀號，禮梨緩緩降落，悠然著陸。

焦毀的土地，四處燃燒著的焰火，灼熱的大氣，幾乎全滅的帝國士兵倒了一地。

紅巾軍勢完成了一場轟轟烈烈的開場。

「辛苦妳了，小梨。」

溫柔的將水遞給稍作喘息的禮梨，梧桐既放心又擔心的掛起微笑。

而休梧則緊跟一旁，推著一車滿滿的補給品。

「哥哥也辛苦了。」迅速的飲了幾口水，禮梨緊接著將梨花換上新的彈匣。

拉厚克及其他特攻班的紅巾眾們，也在這個時候紛紛離開掩蔽會合。同時，支援班們迅速的將物資運上前線，迎接隨時可能發生的下一波猛烈交鋒。

咕嚕嚕的大口灌水，拉厚克對大夥說道：「如果紅王的計畫沒錯，現在可不是好好休息的時候。」接著警戒的將視線越過了焦骸，望向更遠的前方。

越漸清晰的那轟隆隆的踏地聲，撩過了充滿焦味的土地，傳進眾人的耳中。

透過炙熱的空氣，看起來正扭曲著，黑壓壓的一片。

「哥哥，請儘快退到後方躲避吧。」重新回到了備戰姿態，禮梨凝視著前方。

一貫的如同過去，將危機與責任一口氣全部扛下。那姿態就像是想要保護梧桐一般。

休悟凝視那強悍的背影，還有梧桐臉上複雜的表情，最後望向那即將襲來之影。

下午兩點二十八分，作為主戰場的蘭縣市中心，一波更為龐大的帝國軍隊，撐起一陣肅殺之氣，撼地而來。

◎◆◎◆◎◆◎

在蘭縣中遭大範圍斷電的區域，作為臨時據點的某層樓房，只能依靠窗戶透進來的陽光獲取些許照明。

掛在一旁牆面上的時鐘，其時針已隨著時間流逝，悄悄的來到了四的位置。

窗外射進來的陽光穿越了某個身影，殘餘的光芒被打在一張平整鋪在桌面上的蘭縣地圖，上頭各處釘滿了圖釘，像在標記著什麼。而桌子一角，跟著紅巾軍勢來到蘭縣的莫那，悠哉的搖著尾巴，一副世事與牠無關的樣子。

「北都往蘭縣主要幹道的破壞已經完成，計畫進行的相當順利。」恭敬的報告狀況，鳳仙站在桌前，凝視著那個身影的雙眼。

「這麼一來，他們暫時勢必得從蘭縣各處大量調派支援了……」

背光坐在桌邊，臉孔被陰影潑上了一層漆黑，食指輕輕的在地圖上游移著，那個身影用讓鳳仙感到相當安心的聲線，穩穩說道。

「包括這裡。」如此說完後，那身影將食指停在地圖上蘭縣東邊的某一處，接著站了起來。

那身影來到鳳仙的身旁。

在三天前宣布發起了這次行動，赤色的奇蹟，紅巾軍勢的總長。

「通知執行下一階段計畫的成員移動，要加快腳步了。」簡短的交代，他手輕輕扶上額頭，那姿態看來稍顯不適。接著，他往門口走去。

然而，他卻被鳳仙的手從後面牽住，像是想挽留一般。

那個身影輕緩的轉身，看著鳳仙那張充滿猶豫的臉孔。

「你真的，決定了嗎？」難得的讓憂鬱在眼裡打轉，鳳仙輕輕的將頭靠上那個再熟悉不過的胸膛，用悲傷的語氣細微的問著。

沒有馬上說話，那個身影將鳳仙溫柔的擁住，然後緊緊抱著。
周遭的空氣安靜了下來，就這樣平靜了許久。
「嗯，已經沒有時間了。」
那是多麼溫柔的口吻。
「喵……」像是跟隨著，莫那嘆息的鳴叫。

◎◆◎◆◎◆◎

宣告著夜晚即將來臨的薄暮，如絲綢一般的蓋上蘭縣這座有著相當歷史、看起來十分老舊的建築。
本身就照明不足的老舊建築，隨著黃昏的到來顯得更為陰暗。
霉味、鐵鏽味。由於位在汙水處理廠附近的這座建築，就建在排水系統管路之上，因此水氣、濕氣相當重，使這空氣流通不佳的室內讓人感覺呼吸有些沉重。
原本應該有著許多士兵駐守的這裡，現在卻十分安靜，安靜得只要腳步踏得重了些就能聽見回音，彷彿對比著蘭縣內另一端的主要交戰場，沉寂得不得了。
以一扇發鏽的鐵門與其他建築內空間相隔，在這像是執勤室的房間裡，角落的鐵製風扇嗡嗡的吹動，發出像是即將壽終正寢的噪音；天花板上垂吊的日光燈搖搖晃晃的，有幾盞似乎還燒壞了；老舊的通風管也不時的發出雜音。

在執勤室一側靠牆的地方有著好幾臺電視，其中只有一臺是作為正常用途，其餘的都是建築內的監視畫面。

兩名帝國士兵就在這值勤室中，一邊吃著零食，似乎悠哉的看著電視新聞。訊號不太清楚的電視機正播著蘭縣戰場的畫面，畫面中的煙硝以及火光毫不間斷的放映著。帝國軍隊與紅巾軍勢，新聞中兩軍交戰的畫面簡直就像電影特效一樣危險。

「紅巾軍勢這回可真是鬧得夠大，看來情勢不妙吶。」一名士兵看著新聞，口氣不安的說完後，將一大把薯片塞進嘴裡。

「是啊，聽說北都的增援碰上點麻煩，所以連我們這的人也被調了不少去幫忙呢。」另一名士兵則癱坐在椅子上，一副懶洋洋的樣子。

「說起來，我們還能在這裡悠哉的看新聞可真夠幸運的。」將薯片嚼碎吞下肚，士兵用袖子擦著沾滿碎屑的嘴。

「喀啦喀啦。」從通風管上又傳來了雜音。

兩名士兵反射性的抬頭瞧了一眼，接著便不以為意的將視線放回新聞上。

突然！被從裡面踢開的通風管鐵蓋，重重的砸在一名士兵頭上，隨著士兵倒下，手中的薯片也灑了一地。正當另一名士兵驚覺危險、準備提槍之際，一道身影從通風管降落，順勢的將腳印刻在士兵的臉上！

解決了士兵後，稍微看了下一旁的新聞畫面，來人嘴角稍稍勾勒出了擔憂的曲線，接著便迅速的蹲在兩名倒下的士兵旁，仔細的翻找著身上各處。

幾秒鐘後，來人提起了一串有著鏽斑的鑰匙，跨步邁出值勤室。

「我們、明明是支援班、為什麼非得幹這種事？」上氣不接下氣的說道，休悟跟隨著前方同伴的腳步，停在陰暗走道的一處轉角。

趁著等待夥伴歸來的待命空檔，休悟將背靠在水泥牆上，稍作歇息。

「畢竟現在人手不足嘛……在交戰區前線作戰的夥伴們，可是一點人力都不能浪費啊！」站在休悟身旁回道，梧桐雙手撐膝看起來相當疲憊，揹著的厚重背包裡裝滿了彈藥與榴彈等補給品。

雙雙擦去臉上的汗珠，體力稍差的兩人跟在隊伍的最後面。

沒想到竟然被叫來執行這個任務……連通知老頭的時間都沒有。

面對著這意外的發展，休悟一邊喘氣、一邊思量著。

由於交戰區的人力吃緊，因此包括休悟與梧桐在內，目前在此執行任務的紅巾眾，人數加起來也只有十名，其中還包括了像是休悟與梧桐這樣的支援班成員，不免讓人感到有些擔憂。

但是，由於目前市中心仍有著激烈的交戰，蘭縣內各處的軍隊幾乎都物盡其用的作為支援趕到，所以平日戒備森嚴的這座建築中，守備顯得相當鬆散，因此即使是這樣的成員及人數，入侵也不算太過困難。

只有去面對了。

一切的一切就要告一段落了。

煩惱啊愧疚啊不捨啊什麼的，老早就丟得一乾二淨了不是嗎？

輕輕的握起了拳，休悟咬著牙根想將多餘的想法全部拋開。

忽然，同伴急驟的腳步聲從後方不遠處傳來，待在轉角待命的紅巾眾們也紛紛開始動了起來。

建築內的一處圓形大廳，此地為建築的中心處，在這寬廣大廳的四個方向分別有著一條走道，一條是連接出口，另外三條則連接建築深處。比起那些陰暗的走道，此處的光源似乎充足多了，對比上顯得相當明亮。

總數十名的紅巾眾在此聚集了起來。

「拿到鑰匙了，開始分頭行動吧。」甩著如火般紅色馬尾的少女，提著一串鑰匙匆匆趕至。

禮梨站在隊伍前頭，面色嚴肅的對著紅巾眾們說道：「交戰區的大家正努力的支撐著戰局……我們可沒有太多時間可以浪費！」

告誡般的說完，緊接著帶領起眾人，禮梨提起沉重的梨花。

休悟與梧桐也趕緊暫時將疲勞收起，隨著紅巾眾開始動作。提槍，抬起腳步。

「分頭行動，替前線的夥伴們捎上支援吧！」

邁開大步，十人的紅巾眾，分別往這座建築的深處闖去。

◎◆◎◆◎◆◎

「請接招吧，治奧大人。」將一枚飛車神速的逼近對方陣地，左馬太在吃下一子後，那蒼白且削瘦的面孔上，銳利的雙眼凝視著棋盤，等待著下一手的到來。

「這麼個來勢洶洶，年輕人太急功近利可不行啊。」被像年輪般象徵歲月的皺紋爬遍了，那蒼老的手掌緩慢的移動將棋，巧妙的下了一著迴避，治奧老頭似乎倍感樂趣的說道。

只有微弱燈火的幽暗，在這不算大的密室內讓人感到相當的沉重。

一來一往的對談，以及棋子摩擦、碰撞棋盤的聲響，迴響在相當寧靜的空氣中。

「話說，大人為何會出策這樣的計畫？莫非有什麼可靠情報？」帶著笑意試探問道，左馬太移動了棋子，發起的又是一番危險的襲擊。

「哦？這手相當不錯啊！老頭子我不壓壓你的氣燄怎麼行。」避開了左馬太的話，治奧巧棋一轉，立刻反制了左馬太的進攻，左手順著蒼白的鬍鬚。

然而，左馬太並未因此退卻，緊接著的數回交手，左馬太打出了一輪猛攻，步步想將治奧逼入死角，只見治奧老頭防不勝防的搬兵移棋，但卻面不改色。

接著的又是數番交鋒，室內只剩下棋聲迴繞。

「那個部隊，布署得如何了？」一邊移動著棋子，治奧如此對左馬太問道，口氣剎然顯得相當慎重。

和手下棋子展開的攻勢簡直南轅北轍，左馬太以相當卑微的口吻回答：「已依大人您的吩咐完成。」

「今天的事若成了，平定高砂也不遠矣。」治奧老頭手中的棋面臨猛攻一退再退，但嘴裡倒是四平八穩的說著，眼裡像是看著不遠的未來。

以飛車開路，左馬太的王將連番直闖治奧陣地。也許是沒注意到，或是壓根不想浪費時間，左馬太的棋甚至越過了一旁的步兵不吃，目的只有治奧的王將。

「不過，大人久未親身出馬，今日貿然出戰是否妥當？」下著如此凌厲的一手，左馬太卻用著像是相當擔憂的語氣問道。

「老頭子老歸老，骨頭還硬著呢。」謹慎的又動了一步，治奧如此說完後，再次綜觀棋盤。

又這樣輪番了幾手。然而，左馬太的王將已然殺到，眼見治奧退無可退。

「將死。」

「逆轉。」

伴著一聲渾厚的逆轉宣言，年邁的手掌推移著棋子，讓棋局劃下句點。

左馬太瞬間稍感訝異的看著，那枚剛剛放過的、不知從何時存在於那處的「兵」。但很快的，這樣的情緒被那張蒼白面容將神情掩蓋過去。

「呵呵，就算是小兵也不能忽略啊，左馬太。」和藹的笑著，治奧對左馬太如此說道後，便悠然起身。

「大人技靈棋妙，佩服。」拱起手來說道，左馬太一臉恭敬，臉上的神色如止水般平靜，一點漣漪也沒有。

治奧看著那副面容，神色反倒是游移了一瞬。

「棋下完了，時間也差不多了，動身吧。」邁開步子，治奧先行走出這幽暗的密室。

隨著治奧離開所打開的門扉，外頭的光隱隱打進密室，照在左馬太那張有如面具般的蒼白臉孔上。

寧靜的幾秒過後，某種東西碎裂的聲音從左馬太的掌中隱隱竄開。

「切……」

攤開了手，是被狠狠捏碎了的「兵」。

◎◆◎◆◎◆◎

「……！」

還來不及發出哀號，梨花的銀刃便迅速的劃過咽喉，沉默的將死亡獻給看守目的地的帝國士兵。接著毫不猶豫的扣下扳機，禮梨的子彈貫穿了斜對角兩個士兵的胸膛。

「就是這了。」

解決了衛兵後，眼神直視著行動的目的地，禮梨揮了下梨花，將槍刃上的血跡肆意的灑在一旁的幾根鐵杆上。休悟與梧桐則在一會後拚命跟了上來。

除了三人以外，其他的紅巾眾們正分頭進行著相同的行動。

似乎正對前線的戰情感到擔憂，禮梨以相當快的速度來到這裡，這使得跟在身後的梧桐與休悟顯得格外疲憊。

禮梨慎重的觀察著環境。

早已隨著時光流逝而發鏽的鐵杆，像是衛兵般整齊的排列。而由那些鐵杆所組成的鐵柵門，在被賦予了「剝奪自由」的使命下，一扇扇的將走道兩側的位置分割成好幾個空間，形成了一個又一個的牢籠。

人類的牢籠。

以囚禁犯人為目的的這座監獄，佇立在蘭縣東邊已超過半個世紀，從帝國的殖民開始不久後，便持續履行著它的義務。

由於年久失修，整座監獄到處都是斑駁的痕跡。由於直接建造在地下排水系統管道之上，讓通風不良的室內空氣顯得更加潮濕，霉味和鐵鏽味亂七八糟的攪和在一塊。

「人數……還真不少。」看著依附在約五十公尺長的走道兩側，那些關滿了犯人的牢房。梧桐對犯人的數量感到有些驚訝，因為這裡甚至只是監獄一部分的牢房而已。

而休悟則是一點動靜也沒有的杵在原地。

一個個看似毫無精神的犯人，兩眼放空的看著前來的三人，一副不知道發生什麼事的樣子。

作為中仙道三縣中唯一的監獄，這座蘭縣監獄的犯人數量高達一千五百多人，可以說是整個高砂東部的犯人都聚集在這了。

而在這裡，有八成的犯人是因為「謀反」這類的罪名入獄，也就是所謂的「反抗分子」。一千名以上對帝國懷抱恨意的士兵，還有什麼比這更好的增援？

「開始解放犯人吧！」將鑰匙分別扔給兩人，禮梨迅速的移動腳步準備將自由賜予犯人們。

接過鑰匙的梧桐，也隨即開始了動作。

然而，休悟一步也沒有往前踏，反倒是回頭奔了出去。

「怎麼了？阿休……」似乎發現了休悟的動作，梧桐感到疑惑的將視線望向休悟。

而禮梨也讓視線看向那似乎在逃跑的背影。

不過，很快的，禮梨明白了讓休悟感到害怕而逃跑的原因。

莫名的聲響打斷了梧桐的問候，也吸引了禮梨的視線！

隨著好幾個天花板上的通風管鐵蓋掉落在地，無數的身影像鬼魅般驟然躍下，一道道利刃所反射的銀光，即使在灰暗的空間裡，仍能清晰的躍著冷顫的寒光。

黑色的裝束，危險的利刃，埋伏者，暗殺者，秘密的部隊——

隱密別動！

「！」來不及感到驚訝，也沒有時間去多加思索，禮梨下意識的抬起梨花抵擋那直指咽喉的利刃，隨即將腳重重的踹在暗殺者的腹部，接著一個迴身，在兩側的暗殺者身上刻下血痕。

「哥哥小心！」緊接著，禮梨回頭躍步，將槍刃刺穿了即將襲向梧桐的暗殺者，隨即槍身一抽，站在梧桐面前擺出了護衛的姿態，思索著接下來該怎麼做。

分頭解放其他牢房的紅巾眾，現在很可能也碰上了相同狀況，恐怕凶多吉少。

雖然意識到了這樣的結論，但禮梨仍思索著自己獨自完成任務的可能。

充滿戰慄的空間一瞬間安靜了下來。

如火燃燒的雙眼緊盯著面前隨時會殺過來的敵人，禮梨一步也不敢妄動。並不是因為害怕隱密別動，事實上，禮梨甚至有著不會輸給他們的自信。

然而——

「是埋伏嗎……？」

幾乎抖動著，梧桐恐懼的聲線從身後傳來，這讓禮梨握住梨花的雙手又更緊了些，手汗也飆了出來。

凌駕於任務目標、凌駕於愚昧的自尊，在那之上的、更珍貴的東西——

絕對不能讓哥哥受到傷害！

緊咬著牙，在一秒之後，禮梨心中得到了結論。

而隱密別動也同時將危機帶了過來。

她要帶著哥哥一起逃出去！

「快跑！」禮梨一把將梧桐往後推，迫使他邁開步伐。

獨自承受，禮梨一邊跑、一邊抵擋著隱密別動的襲擊，守護在奔跑著的梧桐的身後。

然而，必須保持移動並抵抗攻擊，好幾次利刃都越過了梨花抵擋的間隙，在禮梨的肌膚上留下鮮紅的刀傷。

將生命踩在鋼索上的奔跑，禮梨與梧桐勉強的穿過了幾條走道。但是催命的腳步卻不只來自於一個方向，更多隱密別動的身軀現身於梧桐眼前，在那走道的另一端。

其他人也已經被解決了吧……

不安的思緒瞬間在禮梨的腦海竄開，她俐落的斬殺了眼前的敵人後，將視線拋向了另一邊的暗殺者。

帶著銀光的黑影們像箭矢般射來，梧桐緊張的提起步槍射擊。

可是在人數與速度上占盡優勢的暗殺者們，仍迅速的接近著。眼見那揮舞著的刀刃就要來到梧桐面前……

瞬間！搭在梧桐左肩上，禮梨的手掌一抽，讓兩人的位置瞬間調換了。

禮梨架起梨花一個橫擋，在數把利刃碰撞梨花槍身的瞬間向上猛抬，利用這毫秒的空隙揮斬擊破眼前的敵人，並順勢朝前方較遠的暗殺者開了幾槍。

但難以喘息的下一秒，從後方來的危機再次產生。

禮梨將背靠上梧桐身軀作為軸心，一個橫跨再度來到面朝後方的位置，如閃電般迅速的斬殺襲來的暗殺者，接著側過身，從後方將槍尖自梧桐的臉頰旁穿過，直搗了梧桐面前一名暗殺者的心臟！

戰場在瞬間從一百八十度變成三百六十度，禮梨毫不停歇的移動著位置，不斷的從各個角度保護著梧桐。別說是稍微嚥下口水了，就連呼吸的時間都沒有，心臟跳動的頻率也一再的加快。

一個瞬間、一個間隙都不能放過，她絕不能讓任何一個暗殺者的刀鋒接近梧桐！

這樣的決意讓禮梨無視身上一再增加的傷痕。這樣危險的死鬥，在梨花的槍尖貫穿了最後一名來自後方的暗殺者那瞬間，才終於結束。

無法去顧慮渾身上下的傷口，也沒有多餘的時間去感受那些疼痛，將手撐住梧桐的肩膀藉以施力，禮梨躍身向前，用梨花開出一條血路。
「再過不久就能逃出去了，哥哥！」在灰暗又潮濕的走道中疾奔，禮梨如此說道。
一面斬殺著眼前襲來的敵人，趁著奔跑的時間，禮梨大口大口的交換身體中的氧氣。而梧桐則死命的跟在後面，體力幾乎到了極限。
最後，這條布滿了陰暗的灰與血色的紅、讓人感到格外漫長的走道，終於在彼端的出口那方，透出了微微光暈。
梧桐與禮梨，兩人步出了走道，來到了方才與紅巾眾們分頭行動的地方，那相較之下相當明亮的圓形大廳，然後——
「真是個強悍的少女，不是嗎？」
遭遇了更多的暗殺者。
以那個帶著陰沉笑容說話、身穿帝國軍服、有著削瘦蒼白面容的男人為中心，數量龐大的隱密別動像是迎接首領般的，在兩側列隊並一字排開，幾乎將整個廣大的大廳都圍了起來。
高砂鎮壓軍司令！
「大神左馬太。」細聲的喚出那個名字，禮梨感到一股寒意從腳底竄至腦門。
燃燒的瞳孔，迅速的環視了包圍自己與梧桐的敵人們，禮梨右手將梨花緊緊抓牢，緊握的左拳幾乎將掌心按出血來。

任誰來看，這都是糟糕到了極點的局面。

拖著這傷痕累累的身體，即使突破了包圍，還得抵擋來自後方的襲擊以保護梧桐。同時，那個危險的男人也在這裡。

要一起逃出去——面對現在的困境，這句話就像笑話一樣。

下一瞬、紛紛啟動的黑色兵器，隱密別動如海浪般湧了過來！

像是想試探其極限般，左馬太一步也沒動，只是似有興味的看著。

「小梨，別管我了……」緩緩傳來的梧桐虛弱但溫柔的話語。說到一半，卻被緊握著自己手掌的禮梨打斷。

聽著這再熟悉不過的聲音，禮梨輕閉了雙眼。

在這世上無可取代的、最為珍貴的羈絆。

那麼、那麼至少——

「跟著我！哥哥！」禮梨如風疾奔而出！

就在梨花揮動的一瞬間，暗殺者如同潮水般從四面八方湧了上來！那些閃爍著銳氣的利刃，像海浪一樣一波波的打了上來！

既然不能一起逃出去——

幾乎完全捨棄了防禦，刺穿、砍劈、撞擊，梨花的槍刃用各種方式，在能接觸到的暗殺者身上染上血色鮮紅！

那麼至少要——

連瞄準也捨棄了，食指下的扳機毫不停歇的扣下，在由暗殺者堆成的浪潮中零距離連發！

一定要……

已經分不清身上哪裡受了傷，也不管現在感受到的痛楚來自於身上的哪個位置，禮梨只是拚命的在這黑色的猛獸洶湧中，替梧桐開出一條道路。

「一定要讓哥哥活下去！！！」

「九轉——梨花！」

劃開了空氣、從禮梨全身上下竄出的氣流挾著一道道猛烈的風壓，隨著梨花被鮮紅沾滿的槍刃飛散而出，朝四面八方迴旋暴衝，重重襲上周圍的暗殺者，一道道都一連穿過好幾具軀體！

像是在黑色的凶潮中鑽出一條紅色的道路，緊牽著梧桐的手，禮梨跨上了那通往出口走道的第一塊磚瓦。

「快走吧哥哥！」接著，猛然將梧桐拉到身後，禮梨回頭面對那即將再次湧上的暗殺者，「我一個人也不會放行的！」

下了誓死守住這條走道的決心，大量耗氣的禮梨不顧那開滿全身的、由血灌溉的鮮花，將蔓延全身的劇痛一口咬下，緊握梨花！

「小梨……」

下一個瞬間，一股不明的力量將禮梨猛然向後拉開！

就這樣連人帶槍滑了幾公尺遠，當禮梨再次將眼睜開時，梧桐已然站在那走道口，面向著剎然接近的暗殺者們。

沒有時間去思索梧桐為何能夠做到、為何這麼做，禮梨先是注意到了梧桐的雙手——左手握著一顆拔掉插栓的榴彈，右手是裝滿彈藥及榴彈的背包。

「一定要……」

一步踏進了由暗殺者化成的黑色漩渦中，像道別般的，梧桐回過頭來微笑著。

「好好活下去喔！」

下午四點五十六分，監禁一千五百名囚犯的蘭縣監獄，梧桐最後的話語……

◎◆◎◆◎◆◎

不遠處發生的爆炸，其衝擊蔓延了整座監獄，讓這間值勤室也跟著晃動了起來，年久失修的屋頂紛紛落下磚瓦的碎片。

其中一個監視器的螢幕裡，那原本還是一片明亮的圓形大廳，如今只剩不斷竄燒著的火光、因爆炸而崩塌四處落下的水泥塊，以及灰濛濛一片的濃煙，其他什麼也看不見。

另一個監視器下，在通往監獄出口的走道中，面對著被水泥塊堵住了的圓形大廳入口，傷痕累累的少女半跪在地，在她身上從沒見過的絕望淚水像雨般傾洩落下。

一雙眼睛看著。

雖然身處這座監獄是個意外狀況，但老早就知道了隱密別動埋伏的地點、現身的時間，因此要逃離並不困難。所以在不久前，他就順利的逃到這間值勤室裡將「偽裝」完成。

那雙灰白瀏海下的眼睛，從頭到尾透過監視器，看見了在這監獄中發生的一切。

包括圓形廣場發生爆炸的那瞬間。

回想著方才透過鏡頭看見的，那張依舊帶著微笑的側臉……

老早就應該離開這裡逃命的身軀，穿著一身帝國軍裝的他，一句話也說不出來，只能緊緊握著拳頭趴倒在地。

痛苦的抵抗著在腦海裡竄起的回憶，以及那不斷侵蝕著心臟的感受，他緊閉著雙眼拚命的逃避那些洶湧而來的畫面。

早知道會這樣了不是嗎？

當把情報交給老頭的時候、就知道肯定會有人犧牲的不是嗎？

那傢伙的死跟自己一點關係都沒有吧？

即使不是今天，他也會因為反抗帝國在某個地方死去吧？

身為反抗勢力、那傢伙本來就該死吧？

再說我又不是高砂人，我加入那幫人也只是為了任務吧？

吶、我可是日之本帝國的軍人耶，這麼做也沒什麼不對吧？

喂、我沒錯吧？我什麼都沒做錯吧？

所以，別把這罪名冠到我頭上了——

又不是我殺了他又不是我殺了他又不是我殺了他又不是我殺了他又不是我殺了他又不是我殺了他又不是我殺了他又不是我殺了他又不是我殺了他又不是我殺了他又不是我殺了他又不是我殺了他又不是我殺了他又不是我殺了他又不是我殺了他又不是我殺了他又不是我殺了他又不是我殺了他

又不是我殺了他又不是我殺了他又不是我殺了他又不是我殺了他……

起身。

對自己的質問到了終點，休悟漠然走出心中的拷問室。

他胡亂的將自己全身的冷汗拭去，拍了拍臉頰試圖重整心情。

最後，休悟將視線放在那監視器的畫面，看著。

終於得到了逃離機會的少女，仍跪在那阻擋了圓形大廳入口的水泥堆前不肯離去，像是不肯放棄般的、狼狽的用武器想將砂石挖開。

再不逃的話，很快就會有追兵趕到吧？

就算到了外面，恐怕也有可能碰上趕來的士兵吧？

甚至那怪物會從廢墟裡出來追擊也不一定。

最後，還是死路一條吧。

這個笨蛋——

隨著思考，某種不應該產生的憂慮襲上。

然而，憂慮的思考只進行了一半。很快的強迫著自己將視線移開，休悟拒絕了心中湧起的想法與感覺。

任務結束了，這裡已經沒有我的事了。

說服自己抱持著這樣的想法，於是休悟踏出了沉重的腳步，他打算離開值勤室，離開這座監獄，離開這裡，離開一切。

如果老頭的猜測沒有錯，那個傢伙也該現身了，剩下的就交給老頭解決吧。

一步一步的走著，休悟像是想拋下一切般將悶熱的軍帽摘下，最後隨意的扔在一旁。

結束了，臥底生活什麼的，平定高砂什麼的，一切終於結束了。

一步，又一步。

我……

沒有辦法不管那個傢伙啊——！

休悟全身揮灑著熱汗，用盡全力狂奔。

◎◆◎◆◎◆◎

「喂！快逃吧！再不走很快就會死的！」

聲嘶力竭的吶喊，懷著從來沒有過的勇氣，休悟來到了禮梨身邊。

然而，沒有半點回應，全身覆蓋著傷痕的禮梨，眼神像是失了魂般，一次又一次的揮動著梨花，想將厚重的水泥堆撬開。

看著這樣的禮梨，休悟焦躁的心中簡直就要爆炸了。

如果現在逃走的話，一定還有機會！禮梨雖然背負傷勢，但至少還能動，至少還有自己。就算在外面碰上了士兵，兩人一起面對的話，肯定還是有機會的！況且現在窗外的天空掛著的可還是夕陽，肯定還有活下去的機會！

但是，如果禮梨不停的在這做蠢事的話……機會只會不斷的被時間奪走而已。

於是，休悟做了決定。

「妳這個……」咬著牙說道，休悟向禮梨走近了幾步。

而禮梨還是一點反應也沒有，或許甚至沒注意到休悟的存在。她只是從重複著相同的動作，怎麼也不肯停下來。

「啪！」

「笨蛋！」

清脆響亮的聲響，在手掌碰觸臉頰的瞬間悄悄散了開來。

至少在這裡，無論如何一定要保護這個傢伙。

「……」挨了一個巴掌，似乎有些回過神來的禮梨，雙眼呆滯的看著休悟。

「就算妳繼續犯傻，梧桐也不會活過來的！」

「他可是犧牲了自己保護妳啊！如果連妳也死的話——」

「他就算在天堂也會氣得跳腳！」

「所以別讓他白白犧牲了啊！笨蛋！」

從沒想過自己會像現在這樣教訓著禮梨，休悟在一連串的斥責後停了下來，甚至有點對自己的行為感到驚訝。

時間就這樣在一片寧靜中凍結了幾秒，兩人一句話都沒有說，只是互相凝視對方。

直到，像火焰般的眼神再次在禮梨的瞳孔中燒了起來。

「謝謝。」一邊起身、一邊簡短的答謝，勉強的用梨花撐住自己的身體，禮梨背對著休悟，將臉頰上的淚水統統拭去。

面對這樣的禮梨，修悟反而顯得不知所措，一副不知該怎麼回應的表情。

不過，一直糾結在心頭的某些東西，似乎也因此稍微的得到了釋放。

至少當作，對梧桐的一點點補償吧……

雖然只是為了逃避內心的譴責，但他並不後悔這麼做。

休悟扶起滿是傷痕的禮梨，往出口的方向邁出步伐──

然而，不過走了幾公尺的距離，從背後傳來的那股威脅卻讓休悟感到了後悔的滋味。

「捨不得離開嗎？」

像是玩笑般的戲弄卻又滿載著惡意的沉穩口吻。

那樣的話語穿越了水泥堆，帶著一股寒冷的感覺撲了上來，讓兩人的雙腳像是黏上地面一樣……不對，是完全的被地面「抓住」了才對。

身後的水泥塊堆，像是因為被風一吹，所以自然往兩側掀開的布簾一樣。從那些細縫中能看見許多暗殺者的身軀倒臥著，能看見從裡面嗆出的陣陣濃煙，還能看見——

看著這樣的景象，感覺全身的汗水在一瞬間全部冰冷了起來。

在無法動彈的休悟的後方——

「還是像我一樣，對那個傢伙表演的煙花感到念念不忘？」雙手由始至終輕鬆的放在大腿的兩側，用那無法言喻的笑容，輕蔑的嘲笑著梧桐的犧牲。

令禮梨感到憤怒的，左馬太那悠然的姿態。

左馬太穿著幾乎一塵不染的軍裝，從容的跨越了那原本將通道口完全掩蓋的混凝土塊。而身後的混凝土塊像是黏土一般，被莫名的力量從中間輕易的扳開，直到左馬太悠悠的步伐完全通過為止。

「果然……出來了嗎……」全身抖個不停，連牙齒都因為顫抖著而互相碰撞，休悟整個腦袋現在幾乎被「不妙」這樣的感覺塞爆了。

而同樣失去行動能力的禮梨，握著梨花的那雙手也顫抖著，但除了恐懼感外，恐怕眼中竄出的怒氣才是最大成分吧。

下一秒，好幾枚被賦予了「復仇」這樣意義的子彈，飛快的穿破空氣，從滿載憤怒的槍膛爆破擊發！

然而，左馬太只是輕輕的攤開了雙手。

似乎由混凝土組成的一雙灰色巨臂，在一瞬間從兩側的水泥牆竄出！眼見那些銀彈只能硬生生的嵌進作為盾牌攤開的那雙巨掌中！

禮梨的心中，恐懼的成分又增加了一些。

「值得……」

「轟隆！」

「讚許……」

「轟隆！」

踏著緩慢的步伐，左馬太輕輕的鼓掌，那像是要將人吸進去的、宛如黑色空洞的雙眼，輕輕望著禮梨說道，幾乎是將休悟當成空氣。

而那雙護侍在前的巨臂手掌，隨著左馬太的拍掌頻率互相撞擊，發出了轟然巨響。

左馬太每走一步，那從兩側水泥牆裡長出來的、巨大的雙混凝土手臂就跟著移動。

「要不要加入隱密別動？我可以放妳一馬。」左馬太將雙手交叉放在腹前，誘使般的說道。

巨大石手也跟著動作。

「別開玩笑了！」直瞪著眼，禮梨怒吼，梨花的槍管一連又射出了好幾發子彈，甚至將彈匣內的子彈用盡，但最終依舊只是徒勞的陷進那雙石臂中。

「妳的回答是拒絕啊……」一步一步的接近，眼見左馬太就快來到了，來到了那雙巨臂可以攻擊休悟和禮梨的範圍。

逃不了，也沒有任何能阻止左馬太的方法。

原來「機會」這個詞象徵的是，也有完全沒有「機會」的「機會」啊……

已經沒救了。

眼神漸漸變得空無，身體也不再抖動了，休悟似乎要接受自己會死的結局。

持續忍受著劇痛身軀的禮梨，將梨花支撐在地，看來也快要無法保持清醒了。

現在就是所謂的「絕望」了吧？

「準備好死去了嗎？」左馬太停下了腳步，像是即將執行死刑的劊子手。

而無法移動腳步的禮梨與休悟，現在就像被吊在絞刑臺上等待繩索斷裂般。

沒有機會了。

因為「機會」不會出現在「絕望」中。

「緘默表示同意。」面對著再也吐不出半句話的兩人，左馬太伸出了輕緩握拳的手。

右側的水泥巨拳同步向前，幾乎和人一樣大小的、微彎的食指，就停滯在兩人面前。

能夠在「絕望」中出現的……

左馬太只要輕輕彈指，立刻就能殺死兩人。

只有「奇蹟」了。

奇蹟……

對啊！還有奇蹟！

像在心中敲響了巨大響鐘，精神啊意識啊靈魂啊什麼的一瞬間都回來了。

老頭說過那傢伙肯定會出現的……

閉起眼睛，休悟猛然的在心中用力祈禱！

「死吧。」左馬太發出了死亡宣言。

在被神放慢的時間當中，休悟看見那巨大的岩石手指緩然起動。

「乒——乒——」

像是金屬製物摔落地面的聲音，來自左馬太的背後。

「砰————」

「砰————」

還有被拉長的兩道聲響，隨著悠悠旋轉，飛翔著的子彈發出。

感覺到了危機，左馬太緩慢的轉身並將雙手交叉在前方。那雙巨臂也隨著主人，遁進水泥牆中滾滾移動，最後現身在另一方，及時的擋下那兩發危險銀彈。

似乎因為分心而鬆懈了術式的維持，禮梨與休悟的雙腳在這一瞬間獲得了自由。

左馬太的眼神一瞬間變得銳利，直直盯向那開槍的身影。

有著精細雕紋的銃劍。

如火般燃燒的披風。

覆蓋著將面貌遮蔽的鬼面。

那個人會出現的。

在夥伴發生危機的時候！

赤色的奇蹟——紅王！

時間再次踏上了正軌。

「快逃！」

紅王那充滿力量的嗓音如洪水般的襲上，彷彿強制的驅動著休悟與禮梨的肉體一般，讓兩人立即起步。

倒吊著身體從天花板上的通風口墜落，紅王手中的銃劍「飛火」又是幾發連彈，迫使左馬太不得不讓術式保持在防衛狀態。

緊接著，紅王左手撐地降落，迅速的利用腰力扭轉倒立的姿態。

似乎想替禮梨與休悟製造逃跑的時間，紅王手中的飛火一刻也沒有停止射擊。

然而，飛火畢竟只有步槍的彈藥量，很快的就耗盡了子彈。但是紅王並沒有停止攻勢，一道又一道由氣構成，閃耀著銳利鋒芒的斬擊取代了子彈，猛烈的切割著那穩如泰山的混凝土手臂。

休悟扶持著禮梨重傷不堪的身軀，很快的就要來到出入口、奔出走道。

轉瞬間！左馬太腳步連跨、化守為攻，接著雙掌一堆！灰色的手臂便一邊抵擋著斬擊，一邊轟隆隆的向紅王推進！

眼見巨臂襲來，紅王連忙翻身，往後躍了幾大步，但也暴露出了斬擊的空隙。

左馬太側身一站，左手向禮梨與休悟的方向一個彈指。

隨著清脆明亮的響指，休悟感覺到接近入口處的水泥牆發生了令人恐懼的變化。

「轟隆！」

像是被關上的和式拉門，兩面石板從兩側的牆面滑出轟然合上！

「！」差點就被那扇忽然成形的「門」夾碎，休悟趕緊止住了腳步，回頭看向左馬太那如同鬼魅的身影。

「連那裡也有預先布下的術式嗎……」重新穩定了姿態，紅王端詳著彼方那道石牆，但語氣仍是相當平靜。

「事實上，整座監獄都布下了，猶如甕中捉鱉……因為——」帶著鋒利的氣息，左馬太的側臉緊凝著紅王，一雙石拳隨著雙手緩緩握起。

是啊，早就知道了會發生什麼事，因此做足了準備。

紅巾軍勢的入侵，隱密別動的埋伏，左馬太的追擊，休悟與禮梨的危機……一切的一切都是為了最後的目的——

引誘紅王現身。

「這裡就是特別為你準備的牢房啊！」像是戴著假面般詭異揚起的笑，蔓延在左馬太那像是凹陷般的削瘦臉頰。

是我做的啊……

是我親手將任務的情報交給老頭的。

相當諷刺的，休悟當初的行動，如今卻將在這裡殺死自己。

不對，其實原本有機會遠離這一切的才對，但休悟卻做了其他的選擇……

休悟凝視著身旁那張側臉，那已然陷入昏厥的臉龐，最後將視線移開。無能為力的看著那一端的紅王，休悟只能緊緊咬著牙關。

然而，也許連本人都弄不清楚原因，對於來到禮梨身邊的這件事，此刻的休悟並不因此感到後悔。

「說起來，將蘭縣行動以及紅巾軍勢根據地的資料洩漏給我的人，就是你吧？是想讓我誤入陷阱嗎？」像是閒聊般的語氣，左馬太如此對著眼前的紅王問道。

「啊……雖然結果不如預料的順利，不過託你的福，那些孩子們可成長了不少啊，一切正朝著『目的』進行哦。」嘴裡雖然輕鬆的回應，但只見一步又一步，紅王謹慎的戒備著左馬太的行動，一連退了幾步。

蘭縣行動的埋伏、還有那次的危機都是——！

都是紅王促成的？

聽聞兩人的話語，休悟的表情顯得有些不可置信。

為了所謂的目的，如此的一再讓夥伴陷入危機之中，這傢伙究竟是——

然而，沒有太多時間讓休悟去思考多餘的問題，左馬太正一步步的接近著紅王。

「哦？紅王也會有感到害怕的時候嗎？」嘲弄的說著，左馬太似乎有些享受這將人漸漸逼入絕境的感覺。

接著，休悟似乎感覺到了，紅王那鬼面下的視線越過了左馬太危險的身影，集中到了自己的身上，「現在……幾點了？」最後脫口而出不合時宜的問句。

雖然對這樣的問題感到不解，但現在絕對不是吐槽的時候，休悟迅速的從口袋中掏出手機。

「五點了。」而螢幕上顯示的時刻，正好來到了五點整。

「接下來，照著我的話做。」謹慎的退了一步又一步，紅王慎重的告誡著休悟。

而依舊滿肚子疑問的休悟，在這情況下也只好點頭回應。

「哦？還有『戰術』嗎？難道你認為仍有辦法扭轉局勢？」對紅王的言行感到不解，一臉漠然的左馬太移動了腳步，「你無法帶走你想要的援兵，在我的術式中你沒有打倒我的方法，你甚至無法逃離這裡，還不明白嗎？」

那雙蠢蠢欲動的巨大岩臂，也隨之一再的接近著紅王。

眼見逐漸逼近的左馬太，紅王沉穩的呼吸著監獄那潮濕的空氣，一步步退到了走道與圓形廣場的接口，那堆被左馬太扳開的水泥塊前。

「你的那些『計畫』最終只是一場泡影而已。」逐步向前逼近，左馬太像是想宣告紅王的完敗般說道，凹陷的雙頰隨著話語浮動。

然而，紅王卻在此停下了腳步，擺弄著那像是到達目的地一般的姿態。

「一切都很順利喔。」隨著那極度自信的聲線，紅王丟出了讓左馬太難以理解的話，穩操勝券的宣言：「在你們死命追擊那個女孩的時候，一切都已經完成了喔。」

「——？」這時刻，左馬太感覺到了那立足的地面透過固體的傳導，微微的、逼近的、不定的某種流動的頻率。

「就是現在……」俐落的從腰間取出上面有著按鈕的、像是控制器的裝置。

左馬太感受到的那種感覺越來越近了，就像在地面下流動一樣，就在下一秒——

「深呼吸！」按下。

「轟隆！」

在收到紅王的指令後，便將空氣大口大口塞進肺裡的那瞬間，休悟所站的地面下傳來了轟隆聲響與一股撼動力。

緊接著是碎裂的地面與下墜的重力！

「撲通！」

在穿越了某種柔軟的平面後，重力卻像是忽然減輕了不少。

下一秒，休悟的身體及瞳孔感受到的，是水液冰涼的觸感以及眼中一片淺藍的世界。

而禮梨那失去意識的脆弱身軀正漂流在自己附近，紅王則依稀的在視線彼端。

然而，休悟無暇感受那猛烈的水流正推動著自己不斷前進，他的精神與體力現在必須用在更重要的事情上。

再這樣下去……不行。

他奮力的將手伸出，努力的想抓住什麼。

我要，一定要——

保護她！

指間終於觸碰到了，那無力的被水流推動、逐漸離自己遠去的禮梨。

一把將對方拉了過來並牢牢擁住，休悟凝視著那蒼白的嘴唇。

最後，他閉上了那灰白瀏海下的雙眼，拚命的將空氣送了過去。

◎◆◎◆◎◆◎

當再次將雙眼睜開，看見的盡是一片橘紅。

隨著太陽即將消失，整幕天空、雲朵以及海面，統統都被染上了一層橘黃的光影。

那逐漸圓滿的月光和微微星光，則將身影倒映在海面上，微微的迫不及待著登場。

位於海岸邊，作為將水源排入海裡的裝置，那地下排水管道的出口就在不遠處。

那將自己送了出來的大管子，現在已經停止排水了。
一度因為缺氧而陷入昏迷，如今正置身於海岸邊的防波堤上。
休悟醒了過來。

沒死真是太好了……
對了、那傢伙呢？
正當活下來的暗自慶幸進行到了一半，休悟像是想起什麼般。
接著趕緊起身，將視線掃向廣大的海面，拚命搜尋著那個身影，甚至忘了去追究昏迷的自己是怎麼來到防波堤上。
「放心吧，她還沒死。」
忽然，這樣的話語從休悟身後傳來，將他嚇了一大跳。
他轉過身看，紅王就站在身後。而被抱起的禮梨，一臉熟睡的樣子，似乎還有呼吸的樣子。
看來，休悟和禮梨是被紅王救了上來。
看著安穩休眠的禮梨，休悟揚起了像是感到放心的表情。
但很快的他就注意到了，紅王的身後、那防波堤下非常不得了的景象。
在這樣的情況下居然真的辦到了！

這傢伙實在是——

數量絕對在一千以上，一律穿著統一的囚衣，黑壓壓的一片人影。

而方才一同執行任務的其餘七名紅巾眾，也安然無恙的置身在其中。

為了接應囚犯們，不遠處還停靠著三輛貨櫃車，偌大的貨艙正開啟著門，讓人可以看清裡面放了什麼。

當然了，區區三輛貨櫃車絕對不可能將那麼多人一起送到戰區。然而，若是三輛滿載著軍火的貨櫃車的話……絕對足夠這一千多人扛槍挺炮一路殺過去！

面對瞬間啞然的休悟，紅王抱起禮梨的雙手稍稍抬起，示意著要交給休悟。

注意到了後，休悟趕緊接過禮梨，但樣子看起來沒有紅王那麼輕鬆就是了，禮梨的體重加上梨花的重量，讓休悟有些吃不消。

接著，紅王悠然的轉身，面對一眾還沒了解狀況的囚犯。

被海風吹起的火紅披風，盪漾拂動著。

「我們是紅巾軍勢！是將你們解放的人！」

很快的，那話語透過了鬼面，強烈的降臨在這座海岸。

「作為重新獲得自由的代價，你們必須付出的代價相當簡單——」

用一貫充滿力道的口吻說著，總是如此的讓人無法不去專心聆聽。

「那就是做你們原本應該做的事！拿起武器加入我們！」

就算是多麼空泛的表面話也無所謂，總是依然能夠將人震懾。

「向踐踏高砂的帝國復仇！！！」

隨著紅王將手中的飛火猛然高舉，那銀色劍刃銳利的反射著橘紅色的光影。密密麻麻的一千多人，同時熱血沸騰的高昂了起來！緊接著，眾人紛紛跟隨紅巾眾的指示將自己武裝起來，並將作為象徵的紅巾繫上。

目光中，一支龐大的「援軍」儼然漸漸成型。

居然演變成這種情況，這是另一個糟糕的方向啊……

猛然回想起自己真正的立場，擔憂的感受再次從休悟心底浮了出來。

但是……

「快走吧，追兵很快就會趕來。」紅王卻回過頭來說著，「她就交給你了，儘快帶到鳳仙那裡治療。」就這麼交付著休悟。

交給我？

「你、你不走……嗎？」似乎不太習慣如此的和紅王對談，休悟有些結巴的問，甚至連敬語都沒用。

只見紅王走到防波堤邊，將目光放在那就快化為一片漆黑的天空及海面上，接著左手輕輕的扶上了額頭。

「還有些事沒做。」最後他如此回答。

休悟回想著紅王的種種——

那個有如能夠施展魔法一般，總是捎來奇蹟的人。

那個為了目的可以親手讓夥伴陷入危機之中的人。

那個無法去理解的人。

休悟無法理解紅王的想法，猜測不了他想做的事，也不知道該說些什麼，因為那根本不是和自己相同次元的存在。

明白了這點，休悟小心的抱著禮梨，跟隨紅巾眾離去。

視線中那獨自佇立的、紅王的身影，雖然無法理解，但是……

身影隨著餘暉被拉得越來越長。

也許，一切都會在今天結束。

◎◆◎◆◎◆◎

水流聲嘩啦嘩啦的，從身後與眼前那地面上的，兩個被炸開的大洞中傳來。

「還藏著這一步啊。」端詳著待宰羔羊溜掉的結果，左馬太的語氣意外的平靜，一點也沒有夾雜驚訝、憤怒或是不甘之類的情感。

他默默的看著那瀰漫在空氣中濕氣及霉味的來源。

那地面下的，排水系統管路。

這座蘭縣監獄的位置，正處在汙水處理廠附近，並建立在其排水系統的管道之上。而這個時刻，正是汙水處理廠將處理過的水源排放至鄰近水體的時候。

現在那些傢伙們，大概已經隨著管道漂到附近的出海口了吧。

輕緩的踏起腳步前進，當左馬太眼看著要掉進那被炸出來的大洞時，只見他雙手輕揮，地面就像有生命般的將洞補起，隨即安然越過。

當走進那堆滿了隱密別動屍體、以及大量碎瓦礫的圓形廣場時，左馬太同樣的輕輕擺手，那些碎塊就像讓路一樣的往兩側聚集。

此時，分別從圓形廣場連接的其中兩條步道奔來兩名黑色裝束的隱密別動，看似相當慌張，最後以半跪的姿態停在左馬太面前。

「報告司令！B區的犯人全部……全部逃走了！」一名隊員的口氣顯得相當緊張。

「C區和A區也是！」緊接著另一名隊員附和著報告。

左馬太的眉頭則稍稍皺了一下。

不可能的。

不可能逃走的，禮梨解放A區的行動確實被隱密別動打斷了。而B區和C區的紅巾眾都是些雜魚，更不可能有能夠抵擋隱密別動的人存在。

若要說是紅王幹的也不可能。要在十分鐘不到的時間內，將犯人全部解放並來到左馬太面前，不可能辦得到這種事的。

難道紅王在B區或C區中，派遣了比禮梨更為強悍的成員？

「B區和C區傷亡如何？」似乎篤定了答案，左馬太淡淡的問道，畢竟要是因此損失戰力……耽誤了更重要的事就不好了。

「報告，沒有任何傷亡！B區的隊員在出擊前犯人就逃走了！」

「——？」

「C區也是！反抗分子才剛闖入，就和犯人們同時掉進忽然炸開的地面了！」

在地下排水管道設置炸藥，同樣的招數嗎？……不對，有奇怪的地方。

若真是這樣的手法，就算當時遠在圓形廣場的自己，也必然會聽到爆炸聲才對。

難道，紅王是在逃跑的那一瞬間同時啟動炸藥，因此覆蓋了較遠處的聲響？

不對，依然存在著不合理。

在紅王逃跑、甚至現身前，B、C兩區的紅巾眾應該早已到達監禁區了。依照「反抗分子才剛闖入，就和犯人們同時掉進忽然炸開的地面」這樣的情況推斷，紅巾眾們應該在紅王逃脫前，就先一步與犯人一起逃脫了才對。

那麼，究竟是什麼將爆炸掩蓋了……

在心中推算著事件分別在時間線上分布的次序，最後左馬太注意到了眼角餘光中的景象，這被炸得一塌糊塗的圓形廣場。

暗暗得到了解答，就連左馬太也不禁在心中對紅王感到讚嘆。

「總督採取行動了嗎？」像是確認著什麼，左馬太如此對隊員問著。

就連那老頭，也想不到事態會有這樣的發展吧？

「是的，已經領著剩餘的士兵追了過去。」隊員答道。

哦？好像相當認真的樣子。

雖然有些偏離了他原先預計的劇本，但事態仍朝著正確的方向進行，接下來就是等待了。儘管結果不盡理想，但作為消磨時間的遊戲也已足夠，該為今夜的節目做些準備了。

「聯絡爪磨鬼和飛槍丸，告訴他們……」

毫無阻礙的走著，左馬太詭譎的笑顏深深的烙在面容上。

「表演要開始了。」

◎◆◎◆◎◆◎

「雖然知道大人您會來，但沒想到這麼快呢，真是意外。」

即使是敵人，他依舊使用著帶有敬意的稱謂。

才剛剛坐上在海岸邊、那一大片錨形石中的其中一塊，將手肘倚靠在大腿上撐著下巴，紅王望著防波堤彼端，沉穩著姿態緩步前來的身影。

「見你還佇留此地，應該感到意外的是老頭子我才對。」散發肅穆氣息的一襲軍裝，以及那列象徵著最高地位的軍徽，「是想絆住老頭子的腳步，好讓犯人們逃遠嗎？」鬢鬚皆白的面容、即使年邁卻仍顯健壯的身軀，老頭沉穩的說道。

高砂總督——治奧竹光。

其身後似乎還跟著幾個帝國士兵。

然而，雖然嘴上這麼說著，但是治奧心裡相當明白。

由於事先就知曉紅巾軍勢劫獄的行動，為了減少無謂的人力浪費，治奧在監獄中刻意將一般士兵的數量減少，取而代之的是以引出、捕捉紅王為目標的隱密別動。

但是，捕捉紅王的計畫非但沒有成功，隱密別動還因為禮梨而損失了大半，就連囚犯也全數逃脫了。以監獄周遭的士兵數量來看，要將犯人們全部鎮壓、關回牢裡去，根本不可能。就算想追擊，也沒有足夠的人力，總不能讓剩下的隱密別動大大方方追上去。

那麼，紅王究竟為了什麼留在這裡？

「紅王吶，你究竟在盤算什麼？」彷彿想將一切都看穿的凌厲視線，治奧竹光問道。

「怎麼能錯過這大好機會呢？」然而，紅王似乎並未因此被震懾，只是輕緩的起身，挺然的站立在那錨形石尖端。

見此狀的士兵紛紛欲步向前護衛，但卻被治奧阻止了。穩穩的向前踏了幾步，治奧的背影似乎在說著不要插手。

「我可是相當期待著呢……」將手放在腰間的劍柄上，日暮的餘暉灑在紅王那張鬼面上，「期待著和帝國的英雄大戰一番啊！」

下一秒飛火出鞘！

一隻海燕拂過海面的瞬間，躍身飛衝的紅王，那如同火焰一般的身影乍然來到治奧面前，搖曳在黃昏的光影下，飛火甩出一道銀光！

「真是急躁吶。」推動著那充滿皺紋的左掌，治奧輕柔得像是掀動著簾幕般，游刃有餘的將飛火那銀色劍身撥開。

「被你這高砂人的『英雄』用英雄喚著……」緊接著那有著同樣歷練的右掌，醞釀截然不同的剛猛力道——

「老頭子可擔當不起啊！」重重的轟向紅王胸口！

一吋之差，側身一閃緊銜著靈巧的幾個翻身，剎那間，紅王已跳上了一片錨形石中。

雖然沒被擊中，但紅王卻能感受到那微微發燙的胸口衣襟。

要是剛剛被擊中的話，肋骨肯定要碎了不少吧？

不認真起來應付不了啊！

一點一點醞釀著全身的氣，紅王手裡越握越緊的飛火漸顯灼熱。

「很久沒動動身子了，就陪老頭子我過過招吧。」移動著身子，那張和藹的蒼老面容下，治奧的雙眼卻像是燃起了戰意般，心中思索著什麼。

雖然紅王留下的原因未明，但若能因此將他拿下也並非壞事。

畢竟，就算殺盡是千人的士兵——

也不及一顆明星的殞落啊！

站上了一塊錨形石與紅王四目相交。吐納運氣，漸漸緊握了雙拳，治奧那蒼老的掌心，似乎有些電光稍稍綻了出來。

然而，或許紅王就是思索著同樣的道理，才會留在此處、留在治奧面前。

打的算盤當然就是直取高砂總督了——但是那又何妨？

「老頭子可沒輸的打算啊！」

如風般疾驅，踏出的岩面瞬間綻放裂痕，下一秒治奧的剛拳已然來到！

「好快……！」

急促的側身飛躍，最後降落在另一塊錨形石上，正當紅王勉強的重新調整姿勢之際，怎料鬼神般的治奧又挾著猛烈鬥氣一拳轟來！

倉皇的逃逸，眼見蒼藍的電光從拳上綻出，差點就攀上紅王那向後躲開的身軀！回頭一看，那原先立足之處已成無數碎塊，冒著騰騰的焦煙。

理解了治奧的強悍，紅王馬不停蹄的一連跳過好幾塊錨形石。

拉開了一段距離之後，紅王迴身一跳，幾枚火光從耗盡子彈的飛火中疾梭而出！

猛烈的炙熱著、由氣凝聚而成的炎彈，一路燃燒大氣襲上治奧那追趕的身影。

只見治奧緊盯著炎彈並將右拳一縮，緊接著，滿載雷光、轟隆欲鳴的一拳倏然而出，朝著炎彈猛然轟開了一片花火！治奧將夾雜著電流的濃煙揮散——

在那散去的灰煙之後，出現的竟是紅王燃燒的光影！

仰望著襲來的敵影，治奧右臂蓄力，再次滿載電流。

有如飛鳥躍身在空，烈焰炙熱的繞上銀刃，挾著火紅的紅王重重劈下——

山巖般的緊踏腳步，雷電吱吱作響的鳴叫，治奧綻放蒼藍的右臂轟出——

交鋒！！！

火紅的烈焰與蒼藍的雷電，像是想將彼此淹沒般的纏繞著、糾結成一道光柱！

在光柱狂騷、竄上天空的同一時刻，夜幕驟然降下。

早已分不清顏色的強烈光影，隨著飛散的岩礫一併爆開，幾乎將滿天的星斗與月光一同掩蓋，那撼動空氣的一聲巨響將海浪也蓋了過去。

最後，浪花拍打大地的聲音，再次傳入兩人的耳中。

海水浸濕了半雙腿，兩人佇立在淺灘中緊緊盯著對方。

原本一塊塊堆放在此的錨形石，現在早已化作碎石灑滿了海面，空氣中飄散著塵土以及相當刺鼻的焦味。

鳳仙的「水」，左馬太的「土」。就像利用飄散在星球的氣、操弄大源來施展各種術式的術師們一樣，使用著體內小源作為力量的武者們，同樣有著各自生來擅長的「屬性」。

似乎有著同樣想法，兩人同時拔腿，沒一會就躍上了防波提，謹慎的喘著息。

雷電的游絲像是藤蔓般攀在身體四處——毫髮無傷的治奧。

焰火的光芒像是外衣包覆著身軀燃放——毫髮無傷的紅王。

「用氣來抵禦攻擊，年紀輕輕的，對小源的應用之道倒是參透了不少。」用肯定的語氣誇讚著。這句褒獎同時也透露著，治奧似乎已經理解紅王在那張鬼面下的正體。

「我看你……也沒老到哪去啊。」懷著笑意說道，並一邊急促的爭取著呼吸。比起治奧，紅王看起來似乎更顯疲憊。

紅王的「火」，治奧的「雷」，除此之外還有著各式各樣不同的相性。

然而，並不是每一個學會運用氣的武者，都能夠使用帶有屬性的氣。那是必須透過更加嚴苛的鍛鍊，才能達到的更高領域。

可以強化肉體的極限，可以用來進行攻擊或防禦。氣是武者的爆發力來源，同樣也是武器與盔甲。其運用方法是武者們窮極一生探究的極致。

斑斑星辰與月光的模樣，一同溫柔的盪在一片漆黑的海面上。

治奧與紅王各自輕緩踏動了雙腳，一步步都在試探著對方的行動。

「用那個女孩當誘餌大鬧一番，最後巧妙的將所有人都救走。」他懷抱著相當的敬意說道，「謀略與武藝兼具，紅王，就連老頭子我也不得不對你感到欽佩吶。」治奧的每一個步伐都綻出電流。

「大人過獎了，您若提出和談的要求，我可是會很困擾的。」與其謹慎的腳步極不相稱，紅王搬弄著玩笑的話語。

終於，兩人都嗅到了再次揚起的戰意，同時意識到了——

該是決定勝負的時候了。

下一瞬，紅王與治奧，早已在月下猛烈的交錯著身影！

像被狂風捲起的落楓，紅王操弄著紅色炎刃，一連斬擊胡亂的四散。

然而，治奧毫無退意。肆意在雙臂與十指間亂竄的電流，隨著剛猛又神速的一輪猛拳，狂亂的碰撞在火紅的斬擊上。

毫無喘息機會的連續交鋒，治奧與紅王以不可思議的速度，一來一往的試圖將傷痕烙在對方身上。

於是，交鋒毫不間斷的來到第一百八十七次，在每秒鐘都有十數次的雷與火的激舞下，就連冬季寒冷的空氣都躁熱了起來。

治奧一腳踩著雷光，轟隆的往紅王下盤踏去。

只見紅王輕靈一躍，讓雷足在地面踏出裂痕，緊接著飛火倏忽斬出烈炎！

見狀，治奧腳步一滑就這麼閃過了斬擊，緊接著轟出了右掌！

紅王滯空，眼見躲不過，索性將劍猛然朝那一掌突刺。

刀尖的火焰像是想抵擋電氣一般，用劍抵著對方的掌心，下一秒紅王便以飛火為緩衝並借用掌力，將自己的身軀往後帶去。

紅王瞬間向後飛身，怎知才一落地，治奧的身影又挾著雷光撲了上來！

然而——

紅王不躲也不逃，甚至沒有所謂的「攻擊就是最好的防禦」。

「啊，輸了呢。」一把被人從脖子擒住，紅王的身軀被治奧高高舉起，卸下防備的全身被帶來麻痺的電流爬上、侵蝕得無法動彈。

而那張鬼面，輕輕的掉落在地，讓紅王的臉龐照映在月光下。

「為什麼……停手？」緊盯著那張臉，治奧相當不解的問道。

「打從心裡覺得不可能打贏大人，放棄了，就這樣而已。」語氣相當輕鬆，紅王的那張臉帶著笑容，這讓治奧感到更為不解。

簡直是自投羅網。

就像是氣勢磅礡的開場，卻演出了極為可笑的結局。

紅王，究竟在盤算著什麼？

「哼。」重重的一掌奪走了紅王的知覺，治奧臉上露出了難得的不快。

多餘的思索也只是徒勞，既然已經到手，就絕不能再讓他溜了。徹底的將現在的戰局改變，這才是最重要的。

「用最嚴密的守衛將他囚禁，接著用最快的速度把消息送出去。」一把將紅王扔在地上，治奧嚴肅的叮囑著早已看傻的士兵們。

聳然的背影轉身，治奧緩緩步向蘭縣監獄。

最後，明月高掛的下午六點十二分，紅王就擒的消息從蘭縣傳遍了全國。

◎◆◎◆◎◆◎

蘭縣的天空正式進入夜之神明的範疇，街道上依舊瀰漫著零零散散的戰火，但局勢早已發生了劇烈的變化。

一路勇猛的支撐著戰局至今，好不容易獲得了大量的援軍，但卻在某個消息傳開之後，彷彿一切都被改變了。不過兩個多小時，隨著紅王被捕的消息，以及鳳仙的撤退命令，紅巾軍勢已然退到蘭縣的邊境。

一股沉重的低氣壓，重重的塌在這個作為臨時據點的樓房中，以及每個紅巾眾的身上。

「怎麼可能，那個紅王……怎麼可能！」重眾敲著桌子。

聽聞了消息，拉厚克那不可置信的怒吼，瀰漫在空間中迴繞。

不只拉厚克，眼能所見的紅巾眾們幾乎每一個都是一臉倦容、戰意全消的模樣。主要原因並不是因為戰鬥帶來的疲憊，而是因為失去了心中的某些東西。

失去了能夠讓自己相信會贏的「寄託」。

失去了紅王。

與此相較之下，梧桐的死訊自然的就被淡化了。畢竟，區區一名技師與奇蹟的化身本來就是不可比擬的。

各式各樣的嘆息散布在這相當沉重的空間之中。

然而，那個最應該感到擔憂的人，卻是一臉平靜。

「安靜點拉厚克，別像個小孩吵吵鬧鬧的，紅王大人可不是你們的褓母。」她面無表情，「不要因此忘了自己該做的事。」用像是冰塊般的語氣說著。

端坐在一旁，鳳仙像是對此事一點反應也沒有。

而憤怒，則是緩緩的從拉厚克那張有著黥面的臉孔上浮了出來。

「妳說什麼！忘記本分的是妳才對吧？」他漲紅著臉怒罵：「竟然指揮著大夥兒撤退，妳才是因為失去紅王嚇得屁滾尿流吧！」

面對身為副總長的鳳仙，拉厚克毫無懼色。

說穿了，紅巾眾們信服紅王，並不是因為紅王是「總長」這種階級的服從。

讓他們寧願犧牲自己，也願意去跟隨命令的，是紅王是「紅王」這件事情。

在拉厚克的怒斥後，原本沉重的氣氛變得更加凝重，冬季的空氣就這樣安靜了好幾秒，沒有人說話，也沒有人想說話。

忽然，像是打破了沉默，鳳仙開口了。

「在紅王在的時候相信紅王，在紅王不在的時候相信紅王。」她冷冷說道，「我沒有忘記我的本分。」

鳳仙的話一字一字滲進冰冷的空氣中，最後竄入紅巾眾們的耳中。

絕對相信著。

相信「紅王」的歸來，因此在這之前，不能讓任何事物產生無謂的損失。

因為如此堅信著，才會做出這樣的判斷。

鳳仙眼中的堅定，讓拉厚克的怒氣像是洩掉了一般，平緩了下來。

而鳳仙的視線，默默的移到了不遠處的——休悟的身上。

從頭到尾不發一語的倚靠著水泥柱，休悟只是靜靜的看著，靜靜看著如老頭所說的，失去了紅王之後的紅巾軍勢，無力、恐懼、絕望、不安，類似的氣氛全部糾結在一起，將紅巾軍勢重重的拖著。

沒有發現鳳仙的注視，無聲的在心中嘆息後，休悟接著邁開步伐，走進一旁的房間。

灰白瀏海下的那雙眼，輕輕凝視著在微弱的燈光照耀下，那張終於稍稍恢復紅潤的臉孔。而莫那正趴在一旁，溫柔的舔著那張熟睡的臉。

這傢伙，能沒事真是太好了。

看著全身各處被妥善包紮治療，如今正一點一滴恢復著體力的禮梨，像是安心又像安慰的表情在休悟臉上慢慢映出。

休悟站在門前，動也不動的只是一直注視著禮梨，時間就這樣流逝了幾分鐘。

最後，似乎是結束了沉默的道別。

緩步轉身，休悟的腳步穿越了一個又一個紅巾眾的身影，走出了一扇又一扇的門。

他頭也不回的，像是想遠離關於紅巾軍勢的一切。

紅巾軍勢什麼的、臥底生活什麼的——

在空寂的街道上，休悟奔跑的背影被月光溫柔襯著。

這樣一來，就真的結束了。

看起來卻有那麼點寂寞。

◎◆◎◆◎◆◎

「我說老頭，這一路可真是漫長啊！」

「啊——在明天對紅王施行公開處刑後，一切都會如預期般的結束吧。」

感受萬千的對話，在這就快到了深夜的月光下，盪在緊凝靜穆氣息的蘭縣監獄中。

兩個身影，站在寂靜夜裡的、那原本作為集合犯人用的集合場，言談中漫著一股終於完成某些事而因此感到輕鬆的氣氛。

一陣熱騰騰的白煙，從爬滿皺紋的雙手中飄出，一路緩緩升向了月色高掛的天空。

「如今紅王已經就擒，紅巾軍勢很快的也會潰不成軍。」氣定神閒的喝著熱茶，在灰霧霧的熱煙之後，治奧老頭那張和藹的面容悠悠說道：「那麼小子，你也該考慮考慮將來的事了。」

身著許久未穿的、真正屬於自己的帝國軍服，休悟站在一邊，正捧著茶杯，一副將重擔全放下的輕鬆模樣。

「這陣子辛苦你小子了，看是喜歡哪個部門的哪個職位，老頭子都可以為你安排。」稍稍喝了幾口熱茶後，又說道：「或是，往後繼續幫我這老頭的忙？」接著，老頭輕緩的將目光移到休悟那張思索著的臉上，裝出狡詐的表情等待回應。

雖然總期望著能夠儘快擺脫這種又麻煩又危險的差事，然而真到這時候了，卻反而不知道自己接下來想要些什麼。

休悟抬頭凝視月光，回想著、挖掘著記憶的深處。

那個「最弱」的自己。

那個被「大神」所放逐的自己。

在當時，那個自己究竟渴求著什麼？

隨著記憶一點一滴的浮現在腦海中，宛如將心境重演一般。

休悟在當時將自己包圍的、那一片充滿無力感的黑暗中看見了——

「小子，要不要到老頭我這來？」

像是穿越了自己的絕望，那隻朝著自己伸來的、充滿了歲月痕跡的手。

告訴自己並不是一無是處的人。

給了自己容身之處的人。

需要自己的人。

像朋友又像父親的人。

渴求的東西不是早就已經到手了嗎？

「嘛——反正我還不急著當女高中生的教官。」用一點規矩也沒有的口氣說著，「所以我就勉勉強強的繼續幫你吧，還真是便宜了你這老頭！」最後，笑容微微的在休悟嘴角綻開。

「哈哈，小子你口氣還真大吶！我看下次就讓你去更有趣的地方，好好體驗一下人間險惡好了！老頭子我看中華聯好像挺適合的吶。」像是玩笑般的戲弄著休悟，治奧老頭看起來相當開心的樣子。

「才不幹咧！總之現在先給我一大筆獎金，接著讓我放一段長假再說！」沒好氣的回答，休悟像是勒索般的說完後，最後在月光下伸了個大大的懶腰。

呼，這下子一切就都結束了，總算可以……

休悟將一口濁氣大大的從肺裡吐了出來。

總算將事情一件件都劃下句點，這毫無遺憾的感覺，讓休悟精神倍感清爽的笑著。

然而在這時候，一個念頭卻煞然的從他心頭閃過。

對了，還有件事——

還有件事無論如何我都想知道答案啊！

「那個、老頭……我可以去看那個人嗎？」謹慎的如此問道，休悟望著身旁的治奧。

沒錯，這樣還不能算是真正的劃下句點，因為無論如何他都想知道啊……想知道那個傢伙究竟是誰。

「去吧，讓自己的心情好好做個了斷吧——小子。」治奧老頭輕聲說著。

休悟將視線從那張和藹的面容上移開。

好奇心匆匆的驅使著雙腳移動，休悟的背影走進那如今只為一個犯人存在的監獄中。

「平定高砂已不遠矣，總算是沒辜負天皇陛下的託付吶！」

感到如釋重負的如此說著，治奧爬滿皺紋的面容望向高掛的那輪明月，蒼白的髮絲輕輕飄在冬季的風中。

輕輕握著早已變涼的茶杯，就這樣在夜空下過了許久。

「行了，統統出來吧。」倏然，治奧瞳中的光影驟變，眼神也銳利了起來。

原本寧靜的集合場，氣氛在一瞬間變得騷亂不已，彷彿空氣全部被打亂了一般。

「老頭子我可沒多的茶水招待你們吶。」捏碎了手中的杯子，治奧全身戒備的盯著。

盯著那些像是從夜的影子中滲出來的，除了危險還是危險的漆黑身影。

龐大的數量幾乎將整個集合場都圍住。

「總督大人的心臟，預定一名，嘻嘻。」

膨脹著興奮的語氣與鬼魅的姿態，伴隨那互相交錯、摩擦著的十指上的利刃。

「下剋上，加薪獎金升職放長假。」

慵懶的身影與直白的口吻，那把與身高呈強烈對比的銀色長槍被拖曳在地擦出火花。

精通殺人技巧的上位者，爪磨鬼與飛槍丸，以及——

在那瀕近圓滿的月光沐浴下，渾身包覆著濃密的毛皮，有著野獸般的尖耳與利爪獠牙，半彎著身軀、搖曳著漆黑的尾部，統一身著一襲漆黑裝束的部隊。

人的形體，狼的呼吸。

每個喘息都像是渴望著殺戮般的令人感到戰慄。

那是——

活在影子中的狼之部族。

最極端危險的暗殺部隊。

隱密別動中的大神一族。

大神一族中的隱密別動。

「治奧大人，再來下盤棋如何？」

幾乎要撕裂般的笑顏，瘋狂的蔓延在那張削瘦的面容上。詭譎的語氣，刺骨的像是要把冬季的空氣也凍結。

領著隱密別動中的隱密別動，大神左馬太現身。

懷抱殺意的野獸們，嗜血的暗殺者們，一湧而上！

◎◆◎◆◎◆◎

「滴、答、滴、答、滴、答、滴、答。」

爬行在牆邊的那些年久失修的水管，就這麼讓一滴滴的水花濺在地上。

一根根發鏽的鐵管，編織成一個個灰色的牢籠。

失去了所囚禁之物，一間又一間的牢房空盪盪的播灑著死寂。

踏出了一步又一步，彷彿跟隨著水滴跌墜的節奏。

走過了一條又一條，幾乎無人看守的走道。

休悟停下腳步，似乎有些緊張的嚥了口水。

像是翻閱著回憶的相片般，休悟回想著出現在腦海中的身影。

又強大、又神秘，難以理解的存在。

那如火焰般燃燒的身姿。

最後，穿越了無數個失去作用的牢籠後，休悟像是下定決心般的，一腳踏進了深處。

下一秒，映入眼簾的是——

四肢都被銹上沉重的枷鎖，就連一公分都無法移動；布滿皮膚的傷痕，看得出來受過相當程度的拷問；全身上下被捆上了一層又一層的鋼鐐，一寸一寸都沾上了血；那被無數鋼鍊吊在牆邊的身軀，一旁那象徵著身分的裝束和鬼面。

還有，那張被忽明忽暗的燈火揭露著的面孔。

「你果然來了呢……」

對方用相當熟悉的、讓人感到溫柔的聲線說著。

「————！？」

驚愕在一瞬間肆無忌憚的胡亂爬滿了休悟全身。

根本開不了口，休悟只能瞪大眼睛看著那張面容，看著那張再孰悉不過的面容。

「阿、休。」

多麼熟悉的叫喚，別說是威壓感了，一點屬於那傢伙的氣勢也沒有。

但怎、怎麼可能……！

不可置信的緊盯著，盯著那張面帶微笑的臉，休悟似乎拚命的想將話擠出來。

「其實他們也沒必要綁得那麼誇張，反正我是絕對不會逃的嘛。」那身影緩緩的想移動身體一邊說道，一層層的枷鎖因此互相碰撞，發出了聲響。

那在微弱的照明下，依舊折射著紅色光澤的瀏海。

那副看起來相當瘦弱，讓人感覺不堪一擊的軀體。

慢慢的，休悟將那個名字吐了出來。

「梧！……梧桐？」顫抖著齒唇說道，休悟緊緊凝著那滿懷傷痕的身影。

以及原本以為消失在這世上的，梧桐那一貫的笑容。

不可能，梧桐怎麼可能會是那傢伙？

那個甚至比休悟還要軟弱、那個眼裡總是帶著溫暖的梧桐……

怎麼可能會是那種怪物？絕對不可能！

難道，這一切又是那傢伙的計謀？

也許，梧桐只是作為那傢伙的替死鬼被抓來的。

沒錯，真正的那傢伙現在肯定躲在某個地方又在策畫些什麼。

然而梧桐，又是怎麼在那場爆炸中活下來的？

肯定是那傢伙救了他吧？肯定是這樣的沒錯吧？

一再的讓夥伴陷入各種危機，梧桐不可能這麼做。

梧桐絕不可能讓禮梨成為誘餌，不可能讓自己最心愛的妹妹陷入危機之中！

所以、所以——

「又開始在腦袋裡胡亂的推測了嗎？快停止吧阿休……」彷彿看穿了休悟，並將他腦海中的思考統統打亂，梧桐臉上的微笑在剎那間消散，語氣逐漸變化著。

然後——

「我就是紅王，千真萬確。」

一字一句的重量，狠狠壓上了休悟全身！

雙眼陷入了呆滯，休悟快速的在腦海裡翻找任何一個有關紅王活躍的片段。

「……！」

緊咬著牙，休悟像是得到了答案一般。

完全沒有，在那些片段裡完全沒有。

完全沒有紅王與梧桐重疊存在的光景啊，一個也沒有。

一切都是假的嗎？有關梧桐的一切都是假的嗎？

所以，那時候的爆炸也是、那一幕讓自己感到悔恨的畫面也是——

全部都是假的嗎？

雙眼終於再次恢復了清澈，休悟站直了身子。

「呵，虧我還被你那個道別給騙了，你居然……」輕輕的苦笑，休悟淡淡說著，然後將拳頭緊緊握起。

接著——

「你居然將那傢伙作為誘餌利用！她可是差點死了啊！」

隨著有些憤怒的話語，休悟一拳猛然的揮出，重重陷進了梧桐的臉頰。

休悟挾帶怒氣的喘息聲，一陣一陣的揮散在牢房中。而梧桐則輕輕的將嘴裡的血吐在地上，接著抬起頭來。

「為了達成目的，什麼都能利用，這就是『紅王』。」

一點遲疑也沒有的說著，梧桐眼中閃爍的冰冷，讓休悟無法面對。

「所謂的利用，包括了你是臥底的這件事。我老早就知道了呢！說起來如果沒有你，許多事情恐怕也不能順利進行。」

從滲著鮮血的嘴角傳出，寒冷的感覺一點一點的刺進身體，光是看著，就讓人感覺像是赤裸的走在雪地中一般。

他無法正視，對方完全是個不同次元的存在啊！

轉過身，休悟試著將心情平緩下來。

無所謂了，這傢伙是個怎麼樣的人一切都無所謂了。

重要的是，既然他早已知道我的身分……為何如今還會以被囚之姿出現在這？難道他仍在盤算著什麼？

總之，還是向老頭報告一下比較好。

「夠了……我已經不想聽見你的任何一句話了！」接著，休悟操弄著冷淡的口吻說道：「總之，明天就是你的死期了，你的目的什麼的，也會隨之全部劃下句點。」他踏起腳步準備離去。

空氣再次寂靜了下來。

「再……不、我們不會再見了。」隨著這樣的道別落下，休悟走出了牢房。

而最後從身後傳來的，是梧桐令人感到不安的話語。

「我們還會再見的，阿休。」如此確信、難以言喻的笑意。

像是想裝作聽不見，又像是想儘快的遠離，休悟一再的加快腳步，試圖想將在心中不斷膨脹的不安統統拋開。

接著，在穿梭了數個走道，以及空空如也的牢籠後，忽然——

猛烈的激起心臟的跳動頻率，一股狂暴不已的騷亂氣息伴隨著悍雷的光芒，從前方的集合場傳來。

隨之，衝擊不已的光景在休悟眼簾中播映！

◎◆◎◆◎◆◎

以治奧蒼藍的身影為中心，那些黑暗的影子們與之共舞著——

一刻都沒停下、毫不歇息的激鬥。

幾乎將周圍空氣都撼動的一拳，像落雷般深深的陷進了大地中！

隨之往四周噴散的雷光，張牙舞爪的攀附周圍那些有著狼的面貌、人類軀體的暗殺者們，那些天生身為獵者而存在的傢伙。

猛烈竄動在全身的電流，在一瞬間麻痺了暗殺者的動作。

即使是在接近滿月、大神一族體內血脈更為高漲的今夜，治奧的鋼拳仍一發發如子彈、像是連發的機槍般，扎實的將痛楚與傷害，烙在那些襲捲而來的暗殺者身上。

下一瞬，飛槍丸手中銀槍閃著銳光，貫穿了暗殺者的殘骸，緊緊釘上治奧的眉間！

但是，悠然消散在那槍尖的卻只是雷電的殘影，治奧聳然的身影已然來到身後。然而同一時刻，爪磨鬼揮動的十道銀光早已朝心窩撲來！逼得治奧只好往後急退了幾大步。

他腳步才剛剛站穩，卻絲毫沒有喘息的機會。黑色的野獸再次如蜂群般圍近！就像是一廉黑色的布幕，幾乎將治奧的視線不留一點空缺的淹沒。

只見治奧在胸前迴弄著那猛綻蒼藍的雙手，最後像是撒網般，吱吱作響的手掌拉出了好幾道雷勾，最後狠狠的挾著風壓豪邁爆散！

被猶如雷電所編織的網子切割著，由野獸交疊成的黑幕逐漸崩解、潰不成型！

然而，從兩側疾走而來的銳利銀光，懷抱著不屈的殺意再度闖進！

旋掌推出，飛槍丸的銀槍螺旋突刺！

銳光四射，爪磨鬼十指的利刃狂騷！吱吱作響。

槍尖和利刃同時停在了那些藍色光絲之外，一公分也無法再接近些。雷電就像化作軀殼，緊緊將治奧的身軀包覆著，並同時準備著什麼。

「……！！！」

同時嗅到了危險的氣味，飛槍丸與爪磨鬼倏忽向後飛躍！一連好幾個翻身，看起來就像是想儘快遠離那蒼藍中的鬼神。

下一瞬、猶如雷神的暴怒！簡直像是刺蝟般，難以數計的雷刺從治奧的四周竄出，毫不猶豫的將四周不及逃離的野獸刺穿！

以治奧為圓心的那範圍，足足有直徑十公尺之大。

緊盯著那盛開在地面上的、藍色的鮮花，爪磨鬼與飛槍丸不敢大意，謹慎的站在範圍外觀望著那個身影。

那個從八十年前的大戰便活躍至今，在帝國被稱為「英雄」的蒼藍身影！

躁亂的雷電漸漸平息了下來，在那周圍的一切已然停止了呼吸。挺然的站立在一片焦土之中，治奧那毫不動搖的目光穿過了無數敵影，一路接上了那個身影，那個從一開始就站在遠處端詳著一切的傢伙——

身體能力在月下高漲的無數大神一族。

還有兩個在隱密別動中的上位者。

更何況，那傢伙到現在還沒出手呢。

治奧清楚的意識到，再這樣下去是撐不久的。

「你這是在做什麼？」站穩了腳步保持備戰狀態，治奧用渾厚又淩厲的嗓音問道，緊握的雙掌正微微蓄著雷光。

「高砂總督治奧竹光，因聯合反抗分子並予其協助，犯下通敵叛國之大罪——」隨著步伐緩慢的踏著，那張被樹影遮蓋的表情也變得清晰。

「即刻正法。」左馬太揚起撕裂的笑。

「你說的話我一句也聽不懂。」不言而喻的怒氣充漲在治奧的雙眼中。

彷彿殺不盡的黑色暗殺者們，又漸漸的躁動了起來。

「蘭縣營區的撤退命令，以及過去的數次事件……都是你指使的吧？紅王已經全招了喔。」如此的慢慢道出「藉口」，左馬太的姿態看似相當欣喜。

「——！」

「紅王那傢伙，果然已經知道小子的事了嗎……」聽著那藉口，治奧暗暗的思量著。

然而，的確，左馬太說的是事實，治奧的確數次透過休悟的行動協助著紅巾軍勢。但是，在那之下的原因並不是叛國，而是、而是——

想盡可能的守護殖民地、盡可能的保護高砂的一切！

帝國人民也好、高砂人也好，他想盡可能的讓所有人得到幸福啊！

所以才會選擇了這樣迂迴的道路。

所以才會選擇用一顆明星的殞落，換取數萬生命的犧牲。

「讓我見天皇陛下，或者是利吉殿下也行……會讓殿下們理解的，理解老頭我的平定高砂之道！」篤定的說道，治奧即使到了這個關頭，仍貫徹著他的忠誠。

然而——

「還在期待著皇族的諒解嗎？看來你這老頭還不明白啊……」像是說膩了冠冕堂皇的藉口，左馬太一邊灑著戲謔的聲線，揮動的手一邊指使著士兵，將某個身影迎來。

被幾個士兵護衛著出現的那個人，緩步來到左馬太身旁。

一瞬間，治奧那炙熱的心就像是在瞬間忽然變得冰冷一般。

「要在此殺死你的正是皇族啊！」

像是貫穿了那忠誠之心，左馬太刺骨的話語幽幽響起。

「竹光，對本皇子的不敬，應該讓你感到後悔了吧？」

還有帝國第三皇子——利吉那狂喜的身姿。

胸口像是有什麼東西碎掉了一般，一直以來支撐著自己的意志在瞬間胡亂的崩塌。緊盯著這樣的光景，像是大徹大悟一般的，治奧露出冰冷的表情。

那老邁的身驅動也不動，就像是凍結了一般。

「那麼，殿下就先請退至後方吧，以免遭受波及。」相當恭敬的說著，左馬太指引護衛將利吉送至後方，「就讓這場為了殿下所準備的演出，迎向最高潮吧——」

緊接著，宛如打開了殺人機器們的開關。

隨著左馬太高舉的手臂，如今已化為野獸的隱密別動，再次躁動！宛如黑色的浪潮一般，四面八方的撲上治奧！

同一個瞬間，觀視著那殺人浪潮，爪磨鬼與飛槍丸也伺機尋找著能夠直取敵人生命的縫隙。

然而，對方動也不動。

面對著這樣的危機，治奧卻一點動靜也沒有。

被歲月刻滿了記號，那張爬滿皺紋的面容正思索著——

諷刺啊，窮盡一生去守護的皇族，如今卻要拿走這條老命。

無奈啊，千方百計的想守護國家，如今卻成了那滔天大罪。

非也，這樣的罪名只是個藉口罷了。

利吉殿下勢必早已打定這主意了吧。

左馬太肯定也相當樂見這樣的結局。

老頭我的死，是早已決定好了的吧。

既然如此——如今又還能做些什麼呢？

老邁的雙掌，輕緩的握了起來。

最後——

雷光滿蓄！！！

當然是粉碎錯誤的一切！將殿下那扭曲的心智徹底修正過來！

電氣暴漲！！！

為自身的清白辯駁、並且好好的讓天皇陛下理解！

狂吼而出！！！

無論如何，老頭子我都要貫徹這忠誠之道！

像是絕不放棄意志般的嘶吼，治奧聳然的身姿踏著無數電光。他用盡了剩餘的所有力量，那有如戰神一般的身姿，昂然的在黑色戰場中舞動！

集合場的夜空，剎那間不斷閃爍著驟然四射的雷之光影。

拖曳著電光，治奧像是失去了煞車般的猛衝！

周遭穿梭著的無數蒼藍，一邊侵蝕著周圍的敵人，一邊越漸微弱。

不顧周圍那些黑色浪潮、不斷刻劃在老邁身軀上的傷痕，無視那鑽進背脊的銀色槍尖、那幾乎將左臂撕裂的利刃……

像是拋棄了痛楚一般，治奧的目標只有一個，竄燒著怒火的雙眼狠狠睜大，緊盯著眼前的左馬太！

最後的怒鳴的雷氣，就緊緊凝在右掌之中——

瞬間，足以撼動大地的一拳欲然擊出！

剎那間，隨著左馬太的手臂輕揮，一陣轟然！

大地像是同樣懷抱殺意般的，轟然搖動著，瞬間將一根根巨大又尖銳的石筍吐出，像是想將什麼串起一般。

一個瞬間是0.36秒。

然而，剎那只有0.018秒。

僅僅差了0.342秒，卻有二十倍的差距。

這樣的差距決定了結局。

「真可惜啊。」

隨著左馬太嘲弄般的話語，地面早已流成一片鮮紅。

毫不猶豫被貫穿的胸膛還有身軀各處，血滾滾的從身體裡冒了出來。

無數從地面突起的石筍狠狠刺穿，治奧整個人被微微抬了起來。那隻沾滿鮮紅的右手拚命伸去，向著那差一點就能觸到的左馬太。

「太好了，礙事的老傢伙終於可以消失了。」左馬太輕輕的在氣息漸弱的治奧耳邊說道，「這樣一來，我終於能放心了呢。」

左馬太的聲音裡就像是藏著無盡的惡意，黑漆漆的在耳裡糾成一塊。

「左馬太……你、你究竟期望著什麼……？」氣若游絲的問道，治奧那張就要閉起的雙眼，緊緊凝著左馬太雙眼裡的漆黑。

悠哉的移動著身子，左馬太的雙唇微微動起。

「由千年前、那『不純』的大神一族所創造的術——」

左馬太一邊悄悄的細語，一邊散漫著步伐。

「在八百多年前第一次發動，開啟了武士的時代——」

面對治奧的質問，左馬太似乎輕鬆的悠走在他的周圍。

「在一個世紀以前第二次發動，時代再次回到了皇族掌握中——」

悠悠的口吻，像是正訴說著故事。

「如今，終於能夠走出黑暗的、大神的時代將被我開啟——」

繞著圈圈，左馬太像是感到相當欣喜。

最後，左馬太撕裂的笑顏，貼向治奧那張失去血色、蒼白著的面容。

彷彿了解了左馬太話語中的意義，即使就快進入永眠，但原因未明的恐懼依然清晰的映在治奧臉上。

「月・見・儀。」一字一字的刺穿空氣，左馬太輕聲道出。

「利吉……殿、殿下……！」即使再怎麼努力也無法移動身軀。用力瞪大了眼，治奧再次拚命舉起右手，掙扎著朝利吉所在的遠處伸出。

然而——

「那麼，我就不客氣的收下了喔。」爪磨鬼的嘻笑從耳邊傳來。

隨著一陣痛楚，治奧看著爪磨鬼手中那早已殘破不堪、卻仍微微顫動著的……自己的心臟。

彷彿看見了自己的終末，治奧停下了掙扎。

「你並不是……那小子，所以吶……」像是吐露著遺言，治奧那張原本痛苦萬分的表情，慢慢的化為一股淡淡的微笑。

「——？」

治奧那越來越微弱的音量，「左馬太……你永遠也到不了的，到不了……你所期望的光明。」對著似乎無法理解話中含意的左馬太說道。

「——！」

最後，老頭的雙眼也終於不得不永遠閉了起來。

英雄殞落。

「胡言。」眼見著治奧的殞落，左馬太似乎卻不悅了起來。

「哈哈哈，幹得好啊左馬太！可真是精采至極啊！」一邊猛然鼓掌，利吉帶著扭曲的笑容來到左馬太身後。

利吉看了一眼治奧那不堪的殘軀後，又是一陣哈哈大笑。

「說吧，左馬太，你想要什麼賞賜呢？」像是龍心大悅般，利吉驕傲不已的問道。輕緩的轉過了身，左馬太那一貫恭敬的面容已不復在。

下一秒！不知何時襲來的黑色野獸們，迅速的讓護衛著利吉的士兵一個個倒下！像是挾持般，飛槍丸拖曳著銀色長槍佇立在利吉右側；而在左側的，是依舊沉醉在最新收藏品中的爪磨鬼。

「左馬太、你！？」恐懼一下子像洩洪般全部湧在臉上，利吉全身猛然顫抖。而左馬太那削瘦的面容上，深不見底的雙眼像是黑色的漩渦，簡直像是要將人捲進去一樣。

總有一天，他要讓「大神」站在頂點，並且沐浴在光明之下！

「就請你獻上自己吧，殿下。」

深夜的十一點三十五分，隨著紅王將於翌日公開處決的消息傳出，背負著汙名，治奧竹光的死訊也隨之傳向全國各地。

明日，就是月圓之夜了。

◎◆◎◆◎◆◎

狼狽的倚靠著牆壁坐下，全身像是被灑滿冰冷的汗珠般。

急促的交換著呼吸，看起來幾乎就要喘不過氣。

那不斷顫抖的全身從剛才開始就沒停過。

到底是怎麼一回事？

為什麼會發生這種事！

就像是失控的跑馬燈，強迫著將一幕幕光景略過眼前。

腦海裡被塞滿了剛剛所見的一切，停都停不下來。

如果這只是場噩夢，求你了，讓我馬上醒過來吧！

緊緊縮在牆邊，休悟那恐懼的模樣，就像是隨時要崩潰了一樣。

像是怪物般的絕望與無力感，毫不留情侵擾著休悟的內心。

神啊，祢究竟在開什麼玩笑？

那個總是懷抱堅定忠誠的英雄，那個盼望著讓所有人獲得幸福的傢伙，居然就這樣背負著可笑的汙名死去？

不公平，絕對不公平。

神啊，祢究竟在開什麼玩笑？

那傢伙還沒讓我升官加薪啊！

那傢伙還沒給我一大筆獎金啊！

那傢伙還沒讓我放說好的長假啊！

那傢伙還有很多很多的事沒教我啊！

那傢伙還有一堆麻煩差事要我幫忙啊！

然而，這就是現在的現實。

就這樣失去了那個人。

就這樣失去了依靠。

就這樣失去了容身之處。

那個唯一將手伸向自己的人已經死了。

那個總是庇護著自己、信任著自己、肯定著自己的人已經死了……

在心中終於接受了這樣的現實之際，休悟已經不知不覺的站在這裡了。

「說過了吧，我們會再見面的……阿休。」

「怎麼樣？失去了容身之處的滋味。」

「什麼通敵叛國之罪啊——」

「為什麼撒那種謊！為什麼這麼做！為什麼！」一拳又一拳的憤怒，狂毆在梧桐的臉上，休悟拚命的揮動著拳頭。

像是想將心中的恨意全部發洩一般，休悟幾乎將所有的力氣都用上了。最後，才像是疲憊般的停了下來。

「呼……呼……」不停的喘著氣，休悟無法明白，為什麼已經揮了這麼多拳，心中還是一點釋懷的感覺都沒有，一點也沒有？

鮮血在微弱的燈火下，被照耀出深紅的色澤，一滴滴的從梧桐的臉上跌落在地。

「如果這樣能讓你出氣，我倒是沒有意見……不過其實你也明白的吧？」微微的抬起那張狼狽的面容，梧桐的雙眼緊緊凝視著眼前的休悟。

「跟什麼罪名的一點關係都沒有，治奧竹光的死，是早已被決定好的。」像是想拆穿些什麼一般，梧桐那凌厲的目光盯著休悟，「無法復仇的你，現在所做的只是在逃避……只是懦弱的尋求發洩而已，不是嗎？」

那話語，狠狠的刺中休悟心中不願面對的部分，是如此的銳利。

果然啊，果然是在逃避沒錯。

因為那個「大神」的自己什麼也做不了啊！

因為那個「最弱」的自己什麼也辦不到啊！

別說是替老頭報仇或是洗刷罪名這種天方夜譚了，就連狠狠的去揍左馬太一拳也絕對不可能。所以、所以只好把怒氣全發洩在這個不能還手的傢伙身上。

大神休悟，真的是，相當的懦弱啊……

忽然——

「作為補償，讓我來幫助你復仇吧。」

彷彿敲醒了滿腦子混亂的休悟，那樣的充滿重量的言語。

「……！」

「紅王」的言語。

「因為『大神休悟』沒有足夠的勇氣、沒有足夠的力量，所以讓『紅王』來吧。」

每一個字都像有生命似的狠狠闖進耳裡。

「作為代價——」

那樣強烈的字句，將休悟震懾得一句話也說不出來。

休悟瞪大眼看著「梧桐」那像是閃爍著火光一般的瞳孔。

像是被強迫扒開的耳膜，重重傳來屬於「紅王」的請託。

「……？」

「就請你替我站上處刑臺吧。」

開什麼！……玩笑？

第四章 所能做到的事

微微的光暈穿過鐵杆窗透了進來，讓這相當陰暗的空間稍微明亮了點。散漫著依舊相當刺骨的冷空氣，那帶來日光的清晨也不急不徐的來到。

「嘻嘻，看看你——還真是狼狽呢。」

語氣裡摻著些嘲笑的意味，某個看不清臉孔的身影就靠在窗下，背著光說話，對著那個渾身滿是創傷、四肢都被沉重枷鎖銬上的人說話。

紅王——梧桐。

「你啊，特地來到這裡，就是為了嘲笑我嗎？」使著相當虛弱的語氣，梧桐帶著苦笑般的面容回應。

「看到你這副模樣都忘了呢，我今天來，是為了把帳結清的呦。」用相當輕鬆的口氣說著，那身影向前走了幾步，來到梧桐面前。

「既然你都走到這步了，我想，欠你的應該算是還清了吧。」緩緩操弄著唇舌，那身影悠悠的吐出話語。

「嗯，一直以來真的相當感謝你，不過——」說著說著，梧桐的表情卻忽然變得相當嚴肅，「還想請你，最後幫我一個忙。」

「哦？」

梧桐的請託，就這樣在寒冷的空氣中，一點一點傳進了那身影耳中。

「唉……雖然是這麼無聊的事，不過就當我好人做到底吧。」相當無奈的如此說著，那身影在瞧了一臉梧桐臉上的淡淡微笑後，便悄然轉身。

「說起來，沒能再好好的和你打一場，還真是可惜呀——」

看著那個人自顧自的說道，最後消失在自己的視線當中，梧桐帶著相當安詳的微笑，輕輕的闔上了雙眼。

「再一次謝謝你了，影虎。」

最後，等待著行刑的時刻到來。

◎◆◎◆◎◆◎

彷彿在宣示著今天是個重要日子，再也沒有比這更耀眼的豔陽了。

又大又烈，陽光毫無節制的灑在一座廣場上，稍稍的將這冬季的午後溫暖了些。

廣場位於大廈林立的住宅區往北約一公里處的濱水公園中，座落在一片平坦又遼闊的大草皮上，那裡有著用花崗岩鋪成的兩公尺高的平臺，占地面積約三十坪。

而在這座廣場後方，聳立著一座大概有五層樓高的石碑，那全由岩石堆砌而成的粗糙柱體，在烈日下拉出了一道長長的倒影。

在那石碑的基座之上，刻著無數的名字，無數高砂人的名字。

這裡是位於蘭縣北邊的英烈紀念廣場，用來紀念那些在八十多年前的那場大戰當中，被帝國強制賦予了「光榮犧牲」這使命的人們——那些被迫為帝國獻上生命的高砂人。

並存背負著帝國的「感謝」以及高砂人的「憤怒」，儼然是個存在極為矛盾的廣場。

然而，今日的它，還擁有了一項更為重要的任務——

也就是，成為紅王的處刑臺。

綻著燦爛陽光的今天，就是將紅王公開處決的日子。

不久後，由大批軍隊、軍用車輛押送的囚車駛進廣場，那嘈雜不已、此起彼落的引擎聲，瞬間讓這廣場不得安寧了起來。

而大量的新聞採訪車也立刻緊隨著出現，就像是緊追著花蜜的蝴蝶一般。

宛如趕著參加祭典。

沒多久，各式各樣的人、各式各樣的車輛便散布在廣場周邊，讓原本平靜的空氣一下子擁擠了起來。

轟隆隆，那整齊的踏步聲，就這樣頂著刺眼的光芒，整齊又龐大的帝國士兵列隊行軍，挾著肅穆氣息來到廣場前，最後在同一時刻停下了腳步。

「散開！」

緊隨著一聲口令，只見士兵紛紛穩當的將步槍扛上肩，迅速踏開那劃一的腳步，以相當整齊的節奏排開隊形，很快的便將整座廣場都圍了起來。在廣場的外圍，則有更多的士兵駐守著四方，以備應付任何突發狀況。

畢竟，紅巾軍勢相當有可能為了營救紅王，而選擇展開攻擊。

一併散布在外圍的眾多記者們，也各自在適合的位置定位，清晰的將廣場平臺上的一景一幕拍攝下來。他們都是特地從北都而來，準備將就要發生的一切確實記錄下來。

眾人等待著紅王的面貌在眾人面前揭露的瞬間，等待著高砂殖民史上最具影響力的人物那死前的模樣。

「把紅王押到中央，準備處刑！」

用著似乎雄偉的聲音下達命令，其中還摻著些喜悅的感覺，那是連續兩次在對上紅巾軍勢時失利因而降級，過去的遠山大尉、現在的遠山少尉。

沒想到在兩次失利後，那無暇親臨的司令官，居然還願意將如此重要的任務交付自己。懷抱著這樣的幸運以及重新升遷的希望，遠山挺著一襲軍服，緩步的踏上階梯，神情似乎因為相當開心而充滿幹勁。

於是，這場瀰漫著相當濃厚殺雞儆猴意味的公開處刑，就在那焰火般的身影被押下囚車的瞬間，正式的揭開了簾幕。

像是在燃燒著的紅色披風在烈日下被風微微吹動。

隨著風的拂弄，黏著在鬼面上的、像是髮絲般的紅色流蘇也跟著盪漾。

一步一步看起來相當沉重的，踏上用花崗岩打造的平臺階梯。
走過那由兩側士兵包夾而成的道路、緩步在廣場平臺上。
那將雙手牢牢禁錮在身後的枷鎖，隨著步伐碰撞著細細的聲響。
被取走了佩劍，那腰間空空如也的黑色裝束也隨之搖曳著。
後方那座聳然的石碑，其沉沉的影子猶如巨石般把人壓在身下。
最後，紅王那身姿，駐足在廣場的中央。

「現在……開始處刑！」遠山一聲號令。
緊接著，舉起步槍的士兵已然在紅王面前就定位置，透過準心凝視著紅王的頭部。
如今就等待將紅王的面貌公諸於世了。
「將紅王的面具拿下！」遠山用厚重的嗓音喊著，並緊盯那即將被公開正體的一刻。
即使滿懷幹勁，但真正到了這一刻，遠山還是顯得有些緊張。
當然，不只是遠山，也不僅一旁押送及負責執行槍決的士兵，包括所有士兵以及記者們，在場的所有人幾乎都戴上了相同的表情，不敢移開視線，甚至不敢將眼睛眨下，就怕錯過了那個瞬間。
恐怕就連緊盯著電視機、收看著這場直播的觀眾們也是吧？
於是，隨著一片寂靜的廣場中，那無數個逐漸加快的心跳節奏下，站在紅王一側負責押送的士兵緩緩將手舉起，並將指尖觸上那一直以來隱藏著主人面貌的鬼面。

要開始了——！

少年默默將口水嚥下。

「……！」負責執行槍決的士兵眼中，透過準心看見那光景。

烈火灼燒！

彷彿要蓋過陽光般的耀眼火光，像是附著在紅王身邊一般，形成了第二道披風！

那不知何時解開了枷鎖的雙手、從兩側士兵的背包中奪了刺刀，折射著光輝襲來！

在那難以反應、還不到一秒的瞬間，紅王早已凌厲的將刺刀直搗槍決手的心窩！接著狠狠的猛然抽出，在空氣中拉出了一道噴發的血柱！

彷彿要銜起一道沒有斷點的連鎖，紅王步伐輕靈，越過了將死的槍決手，一路闖進那由兩側士兵包夾而成的道路，緊持刺刀的雙手平舉！

下一秒，隨著紅王的疾奔，那被拖曳著的火焰、以及那曲線優美的血痕，被深深刻劃在兩側士兵的頸部！就在紅王穿過了道路之際，同時失去了呼吸倒下。

「快……快攻擊！」喉頭像被巨大的壓力緊緊扣住，遠山吼著顫抖的話語，對包圍廣場的士兵下達指令，自己則一步步的往後退去。

圍繞四周的士兵們聽令，緊揪著恐懼將槍提起。

就像被風狠狠吹動的銀色雨水，無數帶著殺意的子彈，隨著一連串的槍響奏鳴向平臺齊發，不停的連發。

只見紅王那靈活躍動的身姿毫無恐懼，只是輕輕讓火焰盪漾了起來。

然而，那如雨的子彈卻紛紛在鑽進紅王身軀之前，被那用火炎所編織而成的披風阻擋、吞噬！

眼見此狀，士兵們的臉上不斷地覆上了一層又一層更深的恐懼。

「給、給我……衝上去幹掉他！」幾乎是胡亂的發號司令，此時的遠山已經站在離平臺相當遠的地方，臃腫的全身抖個不停。

但是……

或許是擁有壓倒性的人數，或許是對國家的忠誠，也或許是個人的勇氣，又或者在這樣的情勢下已經失去判斷力及理性，有的士兵挺著步槍前的刺刀、有的士兵拔出腰間的武士刀。

即使恐懼，士兵們仍像是螞蟻般，從四面八方湧上了平臺。

危險的浪潮。

此時，只見紅王腳步一穩，刺刀那鋒利的尖端隨即綻出火光，接著緊隨紅王殺入人群中的姿態躁動了起來！

紅王躍上了一名士兵的肩膀，緊跟著爬升的動線、順道割開了對方的咽喉。

接著他從就要失去支撐力氣的屍體上跳起，在滯空的瞬間向下俯衝！

宛如急欲墜地的流星，又像是燃著火光的鑽頭，紅王那身姿鑽進黑壓壓的士兵們之中，連同屍體一起將地面炸開了個大窟窿！

然而，盛滿水的盤子並不會因為失去幾滴而露出缺口。

很快的，周圍的士兵再次淹了上來。

微微蹲低著身子，手掌一轉將緊持的刺刀反握，紅王猛烈的迴身颳起了一陣熱風，一陣四射著炎彈的渦流，不斷想將周圍的生命統統捲進！

不顧那放肆迴旋燃燒著的漩渦——剎然，下一秒紅王飛步從其中闖出，快如閃電的穿梭在無數個身影之中！他反手握著的刺刀，毫不停歇的將灼熱送進了士兵們的胸口！速度之快，就像是用手滑過琴鍵一樣。

緊緊銜著上一著，紅王恣意的將兩刃刺刀捲著火炎、射穿了兩個士兵的眉心！接著他勾起地上那失去主人的武士刀，猛然握上又是一陣不停的斬殺！

一道道烈紅色的斬擊勾勒出了一道道血紅色的墨跡。

血與火焰恣意的飛灑在空中，將空氣染得一片鮮紅。

直播著這樣戰慄的狂騷，紅王那在一片紅色中的姿態，正透過鏡頭深深烙在全國觀眾的瞳孔裡。

「支援——給我統統過來支援——！」眼看著平臺上令人膽顫的騷亂，還有那越漸顛覆的士兵與屍體數量，滿身大汗的遠山幾乎破吼嗓子，趕忙指揮著外圍駐守的士兵支援。

「……」

佇立在無數倒臥的士兵之中，紅王用武士刀撐著身子，似乎在稍作喘息。

不過，並沒有太過充裕的時間。

就像一群掠過遼闊草地狂奔的野馬一樣，數量龐大的士兵踏步急奔，乍然的直指廣場平臺、如失控的潮水侵襲！

就像一波更大的海嘯，前來支援的士兵像是想耗盡他的體力一般，毫不猶豫的一湧而上！接連踏上了用花崗岩打造而成的平臺。

不動。

眼看著就要再次被淹沒，紅王卻毫無動搖的站在廣場上。

只見紅王雙臂一攤，深深的吸了一口氣。

而搖曳在身後的那些紅色光影，發生了變化。

「唰唰嚓嚓——唰唰嚓嚓！」

由火焰交織而成的披風，宛如拚命榨乾了周圍的氧氣一般，捲起炙熱氣流後轟然的張開，就像破繭而出的蝴蝶，最後變得相當巨大！

「啊啊————！！！」

伴隨無數就像身在地獄、痛苦的呻吟哀號，遠山大老遠就看見了那玩意兒——

簡直就是一對翅膀。

一對灼熱燃燒著的巨大翅膀，在紅王那赤紅的身影後攤開！

像是有生命一般，那火之羽翼的擺盪，就如驅趕著敵人似的揮動，不斷的將滾燙的氣流、四處飛散的火焰捲向周圍那些數不清的士兵！

「高砂的人們啊！這是為你們點燃的火焰！所以站起來吧！」

燃燒！燃燒！燃燒！

像是想將敵人的軀體統統吞噬殆盡，那些焰火猛烈綻放著火光！

「罪惡的帝國啊！這是我為你們帶來的懲罰！所以畏懼吧！」

延燒！延燒！延燒！

如同好幾條火紅色的大蟲子四處拚命爬竄，狂亂的輾過痛苦萬分的士兵們。

「這是我用生命所點燃的火苗！在它變成燎原大火之前，無論幾次……」

灼燒！灼燒！灼燒！

宛如用烈焰捲成的颶風，橫掃之處一律留下了黑色的足跡與強烈的焦味。

「我也會從地獄背負著業火回來！」

爆炸！爆炸！爆炸！

就像附和著那猛烈震撼空氣的臺詞，平臺上各處燃起了爆開的花火。

於是，那無數記錄著這紅色舞臺的攝影機中，再也見不到血的噴灑了。因為在溢出的那瞬間，就被一點也不留的蒸發了。

仿彿站在斟滿了油、熊熊燒著的燭臺中，又或者是盛開了鮮紅之花的花臺，結束了那似乎能將全國都撼動的宣言後，紅王拚命的喘著氣。

「……」

沉默著。

就像真的將生命統統燃盡了一般，紅王動也不動的沉默著。

廣場平臺上布滿了四處延燒、如花盛開的火焰，以及無數如土壤般堆積的焦黑軀體。紅王的身姿就隱隱浮現在那有如煉獄一般的景色中。

輕輕的將頭低下，紅王佇立在那紅蓮之花的中心。

在那背後火焰越漸微弱的火光下，這姿態有種說不出的感覺。

接著，紅王抬起頭，視線清晰的穿過了用生命所點燃的、這些熊熊燃著的火焰。

紅王那透過鬼面的目光，遙遙的投射了一公里之遠，露出的唇隱隱動著。他嘴裡無聲的吐露著幾個字句，像是在對某人說些什麼後，最後輕輕點頭。

啊，就好像那個時候一樣啊！

這字句、這光景，如箭般深深的闖進一公里之外。

在某座大廈屋頂之上，某個人那浸滿模糊的眼簾中……

◎◆◎◆◎◆◎

用止不住顫抖的手移開了望遠鏡。

鳳仙的臉龐像是在大雨中淋濕了一樣，滿是淚水的臉龐。

表情明明是那麼的鎮定，但卻如壞了的水龍頭，淚水一刻也停不下來。

一顆顆晶瑩的淚珠，溫熱的滑過那張白皙的臉頰，像是想將臉上那不搭調的平靜神情洗去一樣。

孤身踏在大廈的屋頂之上，鳳仙踩著那些揮毫在地板上的黑色符文、圖騰，高高舉起在緊捏的右手掌中攤開的、那有如紙扇般的符紙。

鳳仙狂瀉著淚水施術。

「龍横西南向由南衝，水落於此曲直之砂，子穴之兵不動而蔽。龍横西南向由南衝，水落於此曲直之砂，子穴之兵不動而蔽。龍横西南向由南衝，水落於此曲直之砂，子穴之兵不動而蔽……」

她幾乎是混著眼淚誦出。

那副被淚沾濕了、不斷微顫著的唇舌，不斷重複背誦著無法理解含意的字句。

她一邊輕緩的揮動著手。

沒多久，手中的那些符紙就像是呼應遠方那個深愛著的身影一般，熊熊的燒了起來。

最後，粉身碎骨的化為灰燼、飄向風中。

像是想稍微止住淚水，鳳仙緊緊的閉起了那濕潤的雙眼。

「好好活下去，鳳仙。」

理解了那個人的話語，想像自己正擁著他、沉浸在他的胸膛之中。

鳳仙再次將眼睜開，想讓自己最後一次，好好的看著他的身姿。

然而，淚水再次滿了出來。

宛若椎心的那股痛楚扭曲了面容。

「再見……」

悲哀的呻吟說出了道別。

眼淚還是不停的洗刷著。

最後，那張終於變得悲傷的臉，將雙眼遙遙的望向遠方那團紅蓮。

◎◆◎◆◎◆◎

他的生命之火正在漸漸熄滅。

即使紅王像是失去電力般的，站在那抹燃燒的紅色之中動也不動……

即使看著他身後那猶如鳳凰般巨大的炎之羽翼，正隨著漸漸吹起的風消散著……

站在前線的所有人卻只是驚恐看著，沒有任何一名士兵移動腳步。

什麼壓倒性的人數、對國家的忠誠、個人的勇氣……這些東西早已經隨著這場烈火被燃燒殆盡了！就連判斷力及理性什麼的也都統統失蹤了！

在見過方才的煉獄之後，沒有人擁有移動腳步的勇氣。

因為不想死啊……絕對不想送死啊！

然而，像是要打破這場沉默，出現了那麼一個勇敢的背影。

「喀啦。」

從人群中猛然奔出，年輕的士兵緊握著武士刀。

「躂躂。」

他大大邁出的步伐，跨上了花崗岩堆砌而成的平臺。

「唰唰。」

似乎毫無畏懼的身影，穿過了熱氣紛飛的火場中。

「砰躂。」

來人緊握著刀，一腳重重的踩進紅王眼前的世界。

——！！！

「滴答，滴答。」

一滴滴的鮮紅，沿著沒入軀體的刀刃流下，在落地後濺出一朵一朵的線球花。

「呼呼……」

急促的喘息著，年輕的士兵緊握著手中那把——

貫穿紅王胸膛的武士刀！

猶如在瞬間失去了全身的力氣，又或者終於不必再支撐著虛弱的身體，紅王癱軟的軀體向前傾倒，就這麼倚靠在年輕士兵的身上。

那張被鬼面覆蓋的容顏，輕輕的停靠在士兵的肩膀上。

感受著從未真正感受過的，奪走人類生命的感覺。

忽然！

年輕士兵再次將劍握牢，緊接著狠狠拔出！

隨著被抽出的刀刃，無數像花瓣的紅色就這樣散亂的灑了出來，染紅了空氣、染紅了年輕士兵的身體。

最後，凝視著那跪倒在地的紅王，年輕的士兵將劍高舉——

朝著頸間重重斬下！

彷佛是在哭泣，那原本挾持著耀眼陽光的天空，竟突然落下了陣陣雨滴。一次又一次跌墜在身上的雨滴，沖刷著那些附著在身上的血漬。

除了雨聲外，再也沒有別的聲音。

臺下的士兵們、透過攝影機記錄這一刻的記者們，沒有一個人發出聲音。

隨著雨水澆淋著蔓延在平臺上的焰火，陣陣的濃煙緩緩飄起、散開，將視線中的世界染上了淡淡的灰，充滿了虛幻、縹緲的氛圍。

一段華麗又激昂的奏鳴，卻在最後用幾個莫名其妙的音節結束樂章。

面對這樣的展開，所有的人彷彿不知該如何反應，只能失神、呆然的看著那光景——

看著全身染血的年輕士兵輕輕高舉著手臂。

看著被舉起的，那顆仍覆蓋著假面的頭顱。

看著雨水沾濕了，那鬼面上垂下的紅色流蘇。

看著那越來越大的雨勢，不斷將竄燒的火焰撲滅。

看著那越來越濃的灰煙，幾乎要將整個廣場掩蓋。

看著那年輕士兵的身影，漸漸的陷進一片濃濃的灰。

就算是那樣的怪物，變成這樣也已經沒救了。

確確實實的死了。

在這裡所有人的注視下，在透過轉播看見這一幕的全國觀眾的注視下，那個紅王——

確確實實的死了！

◎◆◎◆◎◆◎

從昨夜就停止了攻擊行動，並一路死命退守到了蘭縣邊境，那三千多個懷抱不安的身軀，如今就聚集在這作為暫時據點的廠房中。

然而，在這相當危急的時刻，身為副總長的鳳仙卻不見人影。

她匆匆在早晨留下了「全員待命」的命令，只帶了幾個紅巾眾便不知去向。

三千多張無助的臉孔，不知道自己能做些什麼，也不知道該怎麼做，眼看著那將希望完全奪走的光景，卻只能緊緊握拳。

「那個傢伙、那個紅王怎麼可能……」用力的咬著牙，拉厚克顫抖著那張有著黥面的容顏，難以置信的看著。

新聞轉播中，那個「奇蹟」被斬首的瞬間。

還有浸淫著喜悅，簡直就要蓋過雨聲的歡呼聲。

「怎麼可能死啊！！！」

似乎象徵著在場所有人的絕望，拉厚克重重揮出的一拳，幾乎整個陷進水泥牆裡。

就像在一片黑暗中失去了指引方向的燈塔。

就像在一片汪洋中被奪去了依賴的救生圈。

就像在一片風雪中遺失了遮蔽冰霜的衣物。

如今那個希望、那個寄託、那個奇蹟、那個支柱，已經真正的消失了。

就算想用「被斬首的那個人其實不是紅王」這種話來欺騙自己也沒用，因為能點燃那種火焰的人，除了那個人之外，沒有別人了。

就算想用「紅王沒死，這一切都是障眼法」這種話來自我辯駁也沒用，因為這樣的自我催眠，根本敵不過那血淋淋的真實。

無法除去不安，無法停止絕望，也無法不去相信……

已經不再被那個人守護著了。

紅巾軍勢已經「真真正正」的失去了紅王。

「都發生這種事了還要我們待命……鳳仙那傢伙這種時候到底在做什麼！」歇斯底里的咆吼，拉厚克又往水泥牆上轟了一拳。

然而，這只是徒增紅巾眾的不安。

隨著拉厚克的情緒波動，無比沉重的絕望就像是說著「放棄吧，已經沒救了」般，像是想將意志完全碾碎，重重的壓在紅巾軍勢每個人身上。

不過，卻有那麼雙彷彿置身事外的眼神，彷彿對那消失的寄託漠不關心，卻也不贊同絕望之神的說法。

因為她的寄託從來就不是那個消逝的火焰。

她一直以來所貫徹的，並不是活在什麼人的守護下，而是去守護著什麼人。

「就算如此，我們可還沒輸啊！」

紗布幾乎纏繞著全身，看似相當虛弱的坐在一旁的病床上，可她的那雙眼眸，卻像是在熊熊燃燒。

「……」看著這樣的少女，拉厚克一時語塞，只是轉過頭來靜靜看著那雙眼。

然而，此刻那張表情並不是不帶悲傷，只是帶來悲傷的對象有那麼點不同就是了。

就算是那出神入化的紅王，也不及哥哥的萬分之一啊！

她回想著。

回想著那天無法守護哥哥的悔恨。

回想著嘲笑著哥哥的犧牲、那張猙獰的笑臉。

——不能原諒那個傢伙！

她緊握著手，眼裡盡是滿載決意的火焰。

此時，彷彿是回應著少女的意志。

「鳳仙大人發來了消息，她要我們……」從門外衝進一名慌張通報的紅巾眾。

回頭看向電視的新聞畫面，難以置信的拉厚克驚道：「這、這是！……」

果然是奇蹟吧？

「全員出擊！」

「那傢伙！！」

奏鳴再起。

◎◆◎◆◎◆◎

一大片看起來相當虛無的灰色就濃濃的飄在眼前。

少年被那彷彿將世界淹沒的濃濃煙霧擁抱著。

即使看不見那顆被自己放在腳邊的頭顱，少年仍然無法將方才的那些感覺忘懷……

滾燙的血液噴灑在自己身上的感覺。

彷彿從刀尖一路傳到掌心的那溫度。

沒辦法啊！無法停止害怕的感覺。

無法不去回想真正親手將人殺死的感覺。

閉上眼睛。

少年回想著，屬於十二個小時前的那些話語。

原來啊，那個人在那時候的那個道別——

並不是假的啊！

「你在開什麼玩笑！？」

「我是認真的，這是我的請託、也是你的希望。」

就好像那傢伙親口在身邊訴說一般，那些話語悠悠響起，提醒著自己該做的事。

「你說的話我一句也聽不懂……」

「我啊，腦袋裡有個無法治療、不斷在擴大的怪物，就快將我殺死了。」

像是被催動著腳步般，少年奔跑在煙霧之中，一步步奔在那用花崗岩造的地面。

「所以、你是故意被抓的？」

「就連自己的生命都必須毫不浪費的利用到最後，這就是我啊。」

一邊，少年將軍帽與假髮拋開，也將那屬於別人的面容撕開，露出了灰白的瀏海。

「就算如此……拉厚克也好、鳳仙也好、禮梨也好，為什麼選上我？」

「懂得害怕的人才能活下去，恐懼死亡的人才會想盡辦法讓自己不死。」

少年迅速奔向那有五層樓的高聳石碑背面，最後像作為遮蔽般靠在那粗糙的表面。

「……」

「擅長『扮演』的你、有著共同的『目標』的你，呵、這不是相當適合嗎？」

拉開了背包的拉鍊，少年從裡頭取出事先準備好的裝束，與像是某種控制器的裝置。

「什麼共同目標……我可是帝國的軍人啊！」

「別再逃避了，你早已失去『容身之處』了。難道你還想著去辯駁些什麼？」

習以為常的將裝束換上。最後，少年緊握住了控制器，等待著恰當的時機。

「我……」

「就連那個英雄都無法推翻的……『現實』，你認為你能做到嗎？」

感覺那不斷淋在身上的雨滴弱了下來，少年看見那灰色的濃煙，也正漸漸消散。

「……！」

「擁有力量的人才能改變現狀、決定事實，我們就是活在那樣的『世界』之中。」

隔著石碑，從後方傳進耳裡的是帝國士兵們那此起彼落的歡呼，少年深深的吸口氣，接著——

將控制器按下！

「轟隆轟隆轟隆轟隆轟隆轟隆轟隆轟隆轟隆轟隆轟隆轟——」

像要摧毀耳膜似的，無數巨響與光芒從身後的平臺猛然綻放！

「想為那個人復仇嗎？想洗刷那些汙名嗎？想要容身之處和力量嗎？」

震耳欲聾的爆炸聲響從後方竄起！即使隔著石碑那股衝擊仍強烈的撼動著身體。

「去復仇吧、去創造自己的容身之處吧！而我，會給你那樣的力量。」

少年緊緊的咬著牙，聽著士兵們淒厲的哀號聲，看那接連不停的火光隨著爆炸閃爍了天空！

「不需要感到徬徨，之後的事情，鳳仙會盡力協助你的。」

隨著那些衝擊，感覺到那保護自己的石碑就快無法繼續挺立，少年迅速離開。

「離明天的行刑還有點時間，應該相當足夠你去做準備了。」

隱隱動搖、最後石碑重重的在少年的不遠處倒下，碎石像颳開煙霧般的四處飛散！

「呵呵，知道嗎？死去的人若是復生……那會是什麼呢？」

批上了有著相當鮮豔顏色的、那襲披風和面具，少年一步步在塵煙中踏出腳步。

「那就不再是人了，那是真正的『奇蹟』、那是『神』喔！」

像是要走出這片沙塵中一般，少年緊揪著那不停顫動的心臟，催促著自己前進。

「而我，要用生命點燃那鍛造神的火苗。最後，由你來收下這場豪炎！」

像是要為這場演出帶來完美的高潮，少年收起了屬於自己的畏縮，挺起了胸膛。

於是——

他透過逐漸散去的硝煙與雨水，看見自己正踩在早已崩碎了一地的平臺上。

靠近平臺下的士兵、還有那個人的軀體，如今都因爆炸化成了一片焦黑。

剩下的人們只能害怕、只能恐懼、只能見證著這一個瞬間。

「所以，阿休……」

宛如跨越了重重荊棘，踐踏在那無數的碎花崗岩、以及焦黑的身軀之上。

那樣的帶給人炎熱印象的身影、宛如燃燒著的披風，在塵灰中隨風飄蕩。

最後，踏出了灰色的簾幕。

以那背負著無數高砂亡魂的石碑碎塊作為背景，在最為耀眼的日光下登場！

「成為紅王吧！」

映在帝國士兵們……不！是映在全國一億五千萬人的眼裡——

紅王「神格化」的瞬間！

「高砂的人們啊！帝國的人們啊！仔細看著吧……」

被那鬼面掩蓋的雙唇，操弄著不屬於自己的聲線——是那個聽過無數次的渾厚嗓音。

「背負著炙熱的業火、背負著死去的無數魂魄……『高砂的亡靈』……」

休悟挺然的站在所有人的面前。

然而，休悟並不是那個人。

即使用著一模一樣的聲音說話，卻依舊無法散發那樣的壓迫，無法將人震懾。因此，他需要一些輔助，需要一些特別的效果，來誘導人們接受那樣的錯覺。

休悟緩緩的移動著右手，試圖吸引著所有人的注意。而那斗篷下的左手，在同時將控制器按下。

爆破了空氣！

「轟隆轟隆轟隆轟隆轟隆轟隆！」

「『紅王』已經從地獄回來了！！！」

「轟隆轟隆轟隆轟隆轟隆轟隆！」

伴著那樣無與倫比、氣勢磅礡的宣言，在「紅王」右手猛然舉起、到了最高點的瞬間，廣場外圍的所有軍用車竟在同一個時刻猛然爆炸！

衝擊著、壓迫著全場的震懾，就這樣迅速的擴散開來！

「怪、怪物啊！……」狼狽的哀號著，遠山奔跑在因為爆炸而亂成一團的人群中。

周圍到處都是車輛爆炸燃起的火焰與碎塊，以及四處逃竄、潰不成軍的士兵們。記者們也隨著這場騷動四處躲避，而手裡的攝影機仍搖搖晃晃的記錄著那個成為「神」的身影、記錄那個如此壯烈的宣言。

居然……那麼順利。

有點不敢相信的在心中嘀咕，休悟看著眼前這混亂無比的景象。

僅僅只是一個人就引發這樣的動亂。

從來就沒想過，造成這些的竟然會是自己。

成為了「赤色的奇蹟」……

甚至成為了那個什麼「高砂的亡靈」……

休悟有點感嘆的看著那個傢伙所期望的這樣的發展。

沒想到……我最後居然被說服了呢。

想到身為這計畫中重要零件的自己，休悟在心中感到有些不可思議。

時間差不多了，接下來……就是完成完美的落幕。

最後，在心中計算著時間，休悟輕輕的吸了一口氣，準備完成這真正的終章。

「帝國啊！就請好好期待吧！」

隨著「紅王」右手剎然一舉，一陣莫名的強大風壓從上空猛然吹襲而來！

強烈的拍打著紅王的披風、強烈的吹散了殘餘的灰煙、強烈的捲起了滿地的塵土！在陽光的照耀下，一道龐然的影子打在地面，挾著猛烈風壓疾梭而來！

早就超過了規定的時速、甚至航行在不合法的空域。

「期待著高砂的人們最為沉重的反擊吧！！！」

隨著最後猛烈嘶吼的宣告，被風狠狠揚起、飄揚的披風與紅色流蘇——

那龐然的黑影在「紅王」身後乍然現身！

一架急速行駛的輕航機，毫無減速的壓過休悟身邊的低空。他緊握著伸出的紅巾眾的手，隨著輕航機再次將機身拉起——

紅王那彷彿燃燒著般的身影，徜徉在一片豔陽高照的藍天！

然後，去找左馬太那傢伙算帳！

最後，在所有注視著的雙眼面前，「紅王」用最為華麗的身姿消失在天空彼端。

被那無與倫比的存在強烈鼓舞著。

更加耀眼的希望、更加可靠的寄託、更加震撼的奇蹟。

隨著那「赤色的奇蹟」。

隨著那「高砂的亡靈」。

這將紅王「神格化」所溢出的效應，在那之後狂暴的在整個高砂、甚至整個帝國掀起漣漪。

首當其衝的、抱著要一鼓作氣拿下的信念，挾著這股不可動搖的氣勢全員出擊——紅巾軍勢一路勢如破竹的闖進蘭縣！

◎◆◎◆◎◆◎

「各位現在看到的就是當時的畫面，反抗勢力首領『紅王』如施展魔術般的讓整座廣場燃起大火、讓處決現場險象環生——」

整個畫面火光四起，彷彿能透過螢幕將熱度傳送過來。

「現在正在播放的畫面是從『紅王』遭斬首的瞬間，到『紅王』奇蹟似復活的片段，簡直讓人不敢置信——」

猛烈搖晃的畫面，那奇蹟的瞬間被不斷放映、一播再播。

「這裡是蘭縣戰區的連線報導，記者身後的爆炸火光，就是在『紅王』復生之後、情緒激動的反抗勢力造成的，現場相當危險！」

畫面中喧囂騷亂的戰場，透過鏡頭清晰傳達著紅巾眾的捷報。

「各位可以看到，反抗勢力正如火如荼的在蘭縣展開第二次攻勢。昨日才傳出治奧總督醜聞的總督府以及軍方，目前對於現況及『復活事件』仍沒有任何公開聲明。而利吉殿下與鎮壓總司令，直至目前也仍未現身回應——」

主播面帶嚴肅的報導，就像透露著現今的情勢是多麼危急。

無論轉到哪一臺都一樣，媒體上到處都在報導著不久前那「紅王的復活」事件，以及大舉攻進蘭縣的紅巾軍勢們的新聞。

即使到了現在，仍然相當沒有實感，就像在作夢一樣。

不敢相信這樣的自己，就是畫面中那高揚著雄偉語氣的紅王。

將那即使是在傍晚、若一直披在身上仍會感到相當悶熱的紅色披風褪去，休悟一邊看著那混亂的新聞畫面，一邊將臉上那覆蓋臉孔的鬼面取下。

另一側的人，彷彿再次理解了那取下假面的面容，不會再是自己所熟悉的那身影。挾著淡淡幽傷的神韻，像不想被人發現的在鳳仙臉上悄然蔓延。

——那個人，已經死了。

作為臨時據點的廠房中，那只有紅王及鳳仙能夠進入的室內。

對比於現在充斥在蘭縣街道上的騷亂噪響，顯得格外的寧靜。

「休息夠了，就準備進行接下來的行動吧，現在可不是讓你悠哉看電視的時候。」相當冷漠的說著，鳳仙用相當嚴肅的表情對著眼前的休悟說道。

「知道了，不過那個……我接下來該做些什麼好？」稍微搔了下頭，休悟似乎有些疑惑的問著鳳仙。

畢竟就算成了「紅王」，那個「最弱」的大神休悟仍然是大神休悟。

人並不會因為獲得了什麼相當了不起的身分，能力值也隨之上升，絕對不會。

因此，休悟現在壓根不知道，如今的自己該做些什麼？又能夠做些什麼？

「你只要想辦法讓自己不丟掉小命就夠了。」操弄著毫無善意的口氣，鳳仙冷冷的望著休悟回應。

「畢竟，現在要你擬出什麼戰略，根本是天方夜譚吧。」緊接著，她有些諷刺的如此說道。

其眼神，像是不願承認休悟就是紅王那般，充滿著無法認同的意味。

而一旁，趴在平鋪著蘭縣地圖的桌子上，豎著尾巴、有著褐色斑紋的莫那，也用著相似的眼神緊盯休悟。

這傢伙真是有夠瞧不起人啊……話說那隻臭貓是怎麼回事啊！

揪著有點無奈的表情，休悟在心中暗暗抱怨加上微微吐槽。

算了，還是稍微忍耐一下好了。

緊接著，休悟驅動腳步移動。

垂下的灰白瀏海，微微低下的頭，他似乎在想著什麼。

這一切，都是為了使用名為「紅巾軍勢」的這股力量……

輕輕握起拳，休悟再一次在心中堅定著那股決心。

打從一開始，大神休悟心中就不抱持著對國家忠誠的那一類想法；同樣的，他對高砂的反抗勢力也不存在著喜歡或討厭的情緒。

說穿了，會在紅巾軍勢臥底並洩漏情報，也只是因為那個人的命令。

因此，即使現在擁有了紅王這個身分，也絲毫不會牴觸休悟內心的信念。

一直以來的努力、經歷了那些危險，並不是為了國家、帝國賣命；而現在所做的事，也不是為了解放高砂那種冠冕堂皇的偉大理由。

既然有人要把能夠復仇的力量給自己，那就理所當然、大大方方的收下吧。

既然無法靠自己辦到，那就去利用吧，利用紅巾眾幫助自己將之完成吧。

從現在到過去的一切，大神休悟所做的都只是為了——

只是為了報答那個、將「容身之處」給了自己的人啊！

◎◆◎◆◎◆◎

肆意的綻放著橘紅色的光芒，夕陽就像是快要融在水裡的橘色糖果一樣，漸漸沒在遠方那海面的終止線之下。

暮色讓周圍隨風搖曳的豐盛樹影，添上了許多詭譎的氣氛。恐怕隨著夜晚的降臨，這感覺還會慢慢的更加深刻吧。

俯瞰著遠方海景，建立於半山腰之上、被茂密森林所擁簇著的「蘭之神社」，是位於蘭縣西邊的一座僻壤神社。

從神社東側入口進入，那裡有著一名深紫色身影的男人。

「……」

男人沉穩的腳步，不急不徐的穿梭在有著無數鮮紅鳥居的迴廊。

有別於平時的軍裝，這個男人如今身著一襲深紫色的長袍。

那是大神左馬太的容顏。

最後，那深紫的身影步出長長的東側迴廊。

左馬太踏進那片相當遼闊的空地中央。

那是開拓於神社本殿與拜殿之間，幾乎有著一座足球場大小的場地。

從那石板鋪成的地面可以看見，密密麻麻被雕刻在上面、像是文字又像是圖騰的許多紋路。這些符文就像是無數的蜈蚣，爬滿了整個石板地面。

就像在進行檢查一般，左馬太相當謹慎的仔細端視著周遭的一切，彷彿就怕出了任何差錯。

而在這廣場中央，豎立著一根顯然不屬於廣場原貌的暗紅色石柱，在那上頭也有著相當細密的雕紋。仔細一看，還能發現環繞在四周聳立著的、那許多高矮粗細顏色各不相同的石柱，每一根石柱上都同樣雕刻著符文。

這是一個，為了將某個術式完整重現，而精密布置的龐大術陣。

在漸沉太陽帶來的暮色下，謹慎的環視了術陣的每一吋，左馬太才像是安心般的露出淡淡笑容。

最後，他移動腳步越過了拜殿。

左馬太將目光投向從有著近兩百公尺的參道走來、那身著黑色裝束的兩個人。

「守備人力安排的如何？」削瘦的面頰緩緩鼓動，左馬太悠然問道。

「統統如您吩咐呦——是經過挑選、相當精良的隱密別動喔。」用著相當俏皮的口吻說著，爪磨鬼操弄著唇舌。

而身旁，飛槍丸仍是帶著一貫的散漫表情。

「對了，縣內的情況似乎相當不妙呢！隨著那個紅王『復活』，那群傢伙好像轟轟烈烈的活躍著哦？」帶著笑意，爪磨鬼如此稟報著現在的戰況。

然而，左馬太卻是一臉滿不在意的表情，甚至對此沒有任何回應。

「今晚，不許任何一隻蒼蠅來妨礙。」他只是相當謹慎的下達著指令，似乎沒把不利的軍情放在心上。

左馬太的面容輕輕抹上一層嚴峻。

左馬太的謹慎並不是沒有道理，因為他比任何人都還要明白、都還要在乎。不能讓政府及皇室知情，這是個由自己秘密策劃、相當隱密的行動，必須小心防範任何可能的意外才行。

死而復生的紅王什麼的，活躍的反抗勢力什麼的，全部都是些微不足道的小事啊！全都比不上那更為重要的計畫。

接著，別過領命的飛槍丸與爪磨鬼，左馬太轉身邁步。

左馬太那讓人感覺相當格外沉重的身影，走過拜殿、穿越了方才巡視過的廣場術陣，最後來到了那主殿之前。

比起拜殿的規格，主殿的體積似乎大上許多，並且擁有更加華美的裝飾。

踏上階梯，左馬太走進那只用油燈帶來光源，相當陰暗的主殿內。

背著夕陽的最後一盞餘暉，那尖銳的眼神凝向那被囚禁的身姿，綻出撕裂的笑。

「嗚嗯！……嗚嗯！」被封住了嘴巴，彷彿想掙脫那些將自己捆綁住的又粗又重的麻繩。然而，他越是用力，卻讓自己的身體受到更大的壓迫。

那是帝國的第三皇子，利吉那相當恐懼的身軀。

「為了創造『大神』的時代，今晚……」放肆的向兩側咧開，左馬太那無法無視的笑意，在蒼白的臉上四處蔓開。

遠渡汪洋來到高砂地方並積極的建下功勛。

終於成為了高砂這塊土地的鎮壓軍總司令。

最後取得了能夠自由使用隱密別動的權力。

慫恿了擁有皇族血統的第三皇子親臨高砂。

處心除去了那可能會成為阻礙的治奥竹光。

一切一切的縝密安排，都是為了今晚的計畫——

「你那皇族之血將成為月光的祭品！」狂妄的話語隨著心中那不可抵擋的決心，猛烈的就像要將最後一抹夕陽吞噬般。

左馬太身後那將掛上滿月的夜幕降臨。

他絕對要將「月見儀」完成！

◎◆◎◆◎◆◎

在這像被染黑般、越來越暗的天色之下，在那滿是小石子的偏遠道路上，在城市中仍進行著猛烈交戰的現在，屬於紅巾軍勢的幾輛貨櫃車卻靜靜的駛著。

「對了，她的傷勢還好吧？……禮梨那傢伙。」休悟操著有些在意的口吻，不知道為什麼，總之就是忽然的關心起那個少女。

回想著那天她所承受的傷痛，他不免還是有些擔心。

也許是因為行駛在顛坡的路面上。

坐在副駕駛座的休悟，一邊問道，身子一邊微微的隨車身晃了幾下。

「那孩子身體的恢復速度很快，經過我的治療沒什麼大礙。不過，參加這樣的行動還是太過勉強，所以我讓她待命了。」用同樣相當冷漠的語氣答道，負責駕駛的鳳仙專注的直視前方。

在黑色的背景中搖曳的樹影，漸漸取代了城市的水泥建築。

透過夜幕悄然降下的窗外可以發現，貨櫃車正行進在城市邊境的偏僻山區中。

「以那傢伙的個性，恐怕相當難受吧？……肯定想要親自報仇之類的吧。」淡淡的說道，休悟似乎能夠稍微體會那樣的感覺。

失去重要之人的悲傷，想要為之復仇的感覺。

然而，雖然懷抱同樣的情感，但鳳仙那張冷澈的面容卻有著不同的想法。

雖然「那個人」已經不在了，鳳仙依舊緊持著那樣的信念不放——

為了那個深愛的人，絕對不能讓他所重視的人賠上性命。

「她是那個人重要的家人、是紅巾軍勢的重要戰力，絕不能隨便犧牲。」心中抱持著對那個人的思念，鳳仙毫無感情的訴說。

更何況，就算是那個讓自己深深相信的人、在消逝前所交付的這次行動，卻仍然讓鳳仙感到不安。

「要阻止左馬太，那小子是必須的，將他帶到蘭之神社——」

回想著那個人最後的叮囑，鳳仙難得的感到無法認同、無法理解。

「一定要將大神休悟帶到左馬太面前。」

無法認同讓這少年成為紅王繼承人的原因。

無法理解這樣的傢伙究竟能夠做到些什麼。

即使左馬太的陰謀是不能公開的秘密行動，因此無法調動太過龐大的軍隊。

然而，他所支配下的隱密別動依舊是相當危險。

那麼為什麼、為什麼要冒上可能讓扮演「紅王」之人死去的風險？

為什麼要刻意把大神休悟帶到危險之中？

正當鳳仙想著想著之際，休悟的聲音就這麼又在耳邊響起。

「說起來，不得不承認梧桐那傢伙還真是無所不能啊！巧妙的安排一切、彷彿看透所有事情一樣。」看著窗外的景象一一在眼前快速掠過，休悟有些感嘆的如此說道。

彷彿被休悟的話語點醒，鳳仙眼神中的不安剎然消散。

「就連我都不知道左馬太那傢伙正私下策劃著什麼呢……」休悟接著悠悠自語的說道，語氣似乎有些感到不悅。

是啊，就是這麼的無所不能啊，他就是這樣特別的存在。

那麼，根本不用探究是什麼原因，只要相信他就對了。

就像過去一樣始終相信他就行了。

她在心中得到了答案。

最後，鳳仙聽見了休悟道出了疑問。

「話說，梧桐口中必須阻止的『月見儀』——究竟是什麼？」如此的問道，休悟雙眼閃過一絲不安。

接著，他將視線投向身旁的鳳仙。

「虧你還是『大神一族』的『不純』！居然不知道嗎？」似乎充滿嘲諷意味的說著，鳳仙輕輕的踩下剎車。

「那是傳說中、由那個千年前的陰陽師所創造的——」

數輛貨櫃車緩緩在一片樹林前的山腳停下。透過前窗，鳳仙與休悟看著那建立在山腰上，閃爍著詭譎微光的神社。

「究極的風水之術啊！」

◎◆◎◆◎◆◎

懸在宛如一片黑色汪洋的天空中。

那最為圓滿的月光，就像是在深暗幽玄的海中，暗暗散發著銀白色光芒的寶玉。

即使在那滿月之上有著斑斑黑暗，卻仍無法掩蓋它的耀眼。在這夜空之中，它仍是人們眼中最為明亮的天體。

被那輕輕灑下的月光，以及周圍忽明忽滅的燈火交互映照著，左馬太全神貫注的佇立在術陣中央，面對著術陣中央那最為高聳的暗紅色石柱。

他那蒼白削瘦的面容上，雙眼閉闔著，嘴裡不停複誦著不明的言語，聽起來像是某種咒文。

被束縛在那根暗紅石柱之上的人，一副已然無法掙扎的樣子。那人似乎失去了意識，頸首與四肢順從著地面的引力垂下，而從被割開的雙腕中緩緩流下的鮮紅液體，就這樣一點點滴在地面的術陣之上。

就像是將被獻上的祭品——那是第三皇子利吉的身軀！

隨著左馬太毫不間斷的將咒文催起，面前的石柱竟有如開始吸收周圍飄散的月光一般。那些光芒化作無數的月之光點，漸漸的攀在暗紅色石柱之上，使其綻著紅色光芒。

然而，這現象不僅發生於術陣中央那根暗紅色石柱上。

紅、藍、黃、黑、白……可以看見，圍繞著術陣聳立的各色石柱都各自吸收著月光，將屬於自己的光芒隱隱揮散而出。

令人眼花撩亂的數種光芒，雜亂的鋪蓋在術陣之中，像是互相吞噬、又像是互相交融，宛如被凌亂攪和的調色盤。

隨著時間的流逝，滿月正逐漸往夜空的頂端攀去。

而那些石柱也隨之讓自己的光芒，慢慢的更為耀眼。

在這詭譎的光陣之中，左馬太聽見了從那神社入口處石階的方向，傳來了騷亂之聲。

「統統——」

來人腳才剛踏上了用岩石打造的階梯，下一瞬就高高躍起！在身軀飛梭的同時，強而有力的雙臂連帶將兩側襲來的敵人抓起。最後，在自己降落於地面之前，先將對方狠狠的摔在地上！

被猛烈的力道往地面擠壓，兩名身著黑色裝束的隱密別動，身體就像是陷進崩碎的地面一般！

「放馬過來！！！」

一聲咆吼竄過空氣的平面，拉厚克降落在神社的參道之上。那四肢的刺青與臉孔上的黥面，在同一刻發出微光。

跟隨著勇武的背影，數名紅巾眾們紛紛步出石階。

眼見敵影現身，駐守參道的隱密別動像在月光之下被啟動一般，拖曳著漆黑的身軀、交錯著殺意急奔！

就像剪刀一樣，從左右前方交叉出擊，兩名隱密別動抄起銀刃，直指拉厚克咽喉！

只見拉厚克不進不退，緊握的雙拳打穿風壓而出！扭曲了刀刃，恐怕連握著的手骨都碎裂了，拉厚克的雙拳突破了阻礙，狠狠鑽上暗殺者的身軀！

緊接著，闖過倒下的兩具黑色身軀，拉厚克在身後同伴發出的彈幕之中急奔，闖進一團敵潮之中。

用狼般的咬力去捏斷周圍的頸骨！

用熊般的蠻力去擊碎每一個胸膛！

用豹般的爆發力移動在暗殺者中的狹間！

用龜甲般的防禦力去抵擋那綻著冷光的刀刃！

也許是因為「紅王復活」所帶來的高昂意志。

也許是之前囤積的怨氣，現在一口氣統統爆發了。

能夠感覺得到，自己的力量、速度、耐力，似乎都比平常得到了更多的提升。

能夠感覺透過紋在身上的那些圖騰，所能吸收的「精靈之力」變得比過去還要豐沃。

雖然不知道原因何在，但拉厚克知道自己現在很強，非常的強。

然而，鳳仙知道原因。

不同於禮梨、梧桐以及治奧這樣引發體內能量的「武者」，也不同於鳳仙、左馬太這種利用外部能量操弄術式的「術師」，拉厚克所謂憑藉「精靈之力」的戰技，實際上更像是介於「武者」與「術師」之間，不是使用體內的「氣」去強化，而是透過那些圖騰去利用外部的「氣」。

簡單說，就像是將術式披在身上去戰鬥。因此，周圍之氣的濃度越高，其所能發揮的效果就越強。

站在戰線後方，透過身為術師所習得的「靈視」，鳳仙用相當不妙的表情觀視著天空。

而背著大袋子的休悟，正不知所措的站在她身後。

「蘭縣的『靈脈』開始躁動了，正漸漸將周遭大地上的氣往這裡吞噬——看來左馬太已經開始了。」一些微的帶著不安，鳳仙冷冷的開口。

在她眼中所看見的世界，那些象徵著氣的光暈就像是個巨大漩渦般，正不斷的從遠方，將那龐大的星球能量捲進這蘭之神社的上空。

「居然已經聚集了那麼多，那傢伙果然不簡單……時間不多了！」鳳仙冷靜的訴說著現實。

緊趁著拉厚克與隱密別動周旋的空隙，鳳仙指示紅巾眾與休悟踏起腳步。

眾人紛紛在參道中準備動身，往拜殿方向奔去。

然而，休悟所知的一切正在心中悄然提醒著他。

才不會有什麼空隙啊！

「……！？」看著猛然爬起、突然現身在周圍的那些蠢蠢欲動的身影。

隨同鳳仙的驚愕，包括休悟在內的眾人像是被拴住腳步的停下。

那可不是一般的隱密別動啊……

伴隨著休悟露出恐懼的視線，一滴汗珠冰冷的滑過他的臉頰。

陷在地面中的暗殺者。

被猛拳打倒的暗殺者。

那些不久前才剛被自己確實擊倒的敵人。

眼見著那些應該已經「倒下」的傢伙，如今卻依然豎著身軀，散布在四周。

拉厚克注視著那些擁有令人膽顫外貌的敵人。

漆黑的毛皮與尖鼻、銀色的利爪與銳牙、悠悠搖曳的尾部、金黃色的目光。

擁有著能夠獸化的身軀，那更加強悍的肉體能力，那更加敏銳的感官能力。

自古便活在黑影之中，用那超脫於人類範疇的力量，狩獵著國家的敵人。

狼人血脈，大神一族。

那是……在滿月下的強悍怪物啊！

看著昨晚那些將治奧老頭逼進絕境的天生獵者，如今就在自己面前，休悟止不住的渾身發抖。

而今晚，正是那班傢伙力量最為高漲的顛峰。

看著獵物般的金色瞳孔，紛紛注視在鳳仙、休悟與紅巾眾身上。

急促著渴望殺戮的喘息，狼人們高揚著咆吼、捎起銀爪殺上！

然而——

「……！！！」

「全部給我滾開！！！」拉厚克怒吼出擊！

那已經不是微光了。

耀眼的就和流星一樣，猛烈的白光遮蔽了野獸帶來之漆黑。

接著、閃耀著光芒的拳，一發發轟然的烙在數名狼人身上，將其遠遠擊飛！

「呼哈——呼哈——」激烈的呼吸著，攀附在身上那些發光的圖騰，如今就像失控般的將光芒交雜在一起，已然失去了原本的輪廓。拉厚克的眼神也開始醞釀著疲憊。

「再這樣下去，你的身體會無法承受的。」帶著相當危險的口吻，鳳仙對著拉厚克那耀眼的背影說道。

憑藉著飽和、濃厚的氣，面臨著如此的危機。

拉厚克不自覺的讓附著在身上的精靈之力，以瀕臨最高效能的狀態運作。

然而，當術式所帶來的提升效果超越了自身肉體所能承受的極限，如今的拉厚克已經不是披上術式去戰鬥了，而是勉強著身體，拚命的去配合那過度發揮的術式。

他隨時都有讓肉體因此不堪使用而變成廢人、甚至失去生命的危險。

但他臉上卻是相當毫無畏懼的表情。

「趕快前進吧鳳仙，可別小看勇士了！」回過頭來，嘴裡說著無法更加陳舊的英雄臺詞，拉厚克的語氣卻相當堅定。

像是要跟隨這股意志，其他紅巾眾們似乎受到鼓舞，迅速的來到拉厚克身旁。粉碎了膽怯，那用勇氣提起的槍口，指向了那些欲動的黑色野獸。

禮梨也是、梧桐也是、老頭也是，還有這些傢伙們……

為什麼、為什麼他們能……

看著那些似乎毫無畏懼的背影，休悟緊緊握著拳心。

而身旁的鳳仙，似乎理解了他們的決心，用沒有臺詞的眼神加以回應拉厚克。

最後，鳳仙帶著休悟與剩下的紅巾眾，往拜殿的方向闖進。

為什麼能夠如此的面對死亡而毫無畏懼？

譴責著自己那份懦弱，休悟只能不停的跑。

神社拜殿，西側有著一大窪池塘，東側有著寬闊的通道。

就算是那座四處漆上鮮豔紅色的建築，也無法掩蓋位於它後方、那些正浮動著的詭譎光芒。

連無法看見「氣」的休悟也能看見——

紅色、藍色、黃色、黑色、白色，顏色渾沌的交捲、夾雜在一塊，調和出了更多顏色，如此混濁的籠罩在拜殿後方的天空。

那抹在發動「月見儀」的過程所產生的，相當顯眼的「異象」。

後方傳來的槍響、榴彈聲，交雜著許多哀號仍能清晰聽見，拉厚克和其他紅巾眾們正死命的抵抗著那些危險的野獸。

馬不停蹄的移動腳步，奔過了近兩百公尺長的參道，休悟與鳳仙終於來到拜殿之前。左馬太的施術之處，就在拜殿後方了。

即使如今身邊只剩下鳳仙及幾名紅巾眾，但是仍有機會。

還來得及……還來得及！

一陣狂奔讓休悟不停的喘氣。

看著那異樣光芒，休悟在心中如此的告訴自己。

依鳳仙所言，若要將所謂的「月見儀」完成，左馬太有一大段時間必須全神貫注、一步不移的進行術儀。因此，他們還能趁著這段左馬太毫無防備的空隙，攻上去解決他。

更何況，這裡還有鳳仙呢！

在心中燃起了希望，正當休悟邁步之際——

「砰磅砰磅！」

「砰磅砰磅！」

撼地的巨響、猛然爆碎的音節！

穿破了拜殿的瓦牆，從拜殿中竄出兩個龐然巨大的身影！

「果然有啊。」像是早就料到一般，瞇起銳利的視線，鳳仙隱隱道著。她手一邊緩緩伸進腰間的囊袋。

而身後的紅巾眾與休悟，無一不睜大眼睛，呆然看著那相當巨大的「物體」。那巨大的影子將他們整個覆蓋，讓他們害怕得無法動彈。

兩個龐然大物有著將近三層樓的高度。

那是兩座由岩石所構成的巨大的石像，穿著毫無光澤、灰暗的鎧甲。厚重結實的身軀，光是手掌就比一個成人還大。

「這是什麼怪物！？」

「迎擊術式。」

一東一西，兩具巨大石像就這麼立在拜殿的兩側，阻擋著通路，似乎不讓任何人通過一般。

「這下、這下怎麼過去……」不安慌亂的脫口而出，休悟拚命退了好幾步。

而一旁的鳳仙似乎要他安靜的瞥了一眼，最後將視線盯上緩慢踏步而來的巨影。

「全員開火！絕對不要停下！」冷靜的下達指令，鳳仙從囊袋抽出幾張黑色符紙，以及一顆凝著水藍光澤的琉璃珠。

下個瞬間，鳳仙掌中的那些符紙便裹上琉璃珠，然後隱隱的燒了起來！

火箭筒、機槍、榴彈，接連不斷的轟炸聲響，無數的火焰胡亂在巨石像身上炸開！

然而，卻始終無法對堅硬的巨像產生有效打擊。

伴隨著紅巾眾的掩護，鳳仙緊接著驅起那纖細的身體，往西側巨像奔出。

只見巨像那握起的、極為龐大的石拳就要砸在鳳仙身上——

「砰磅！」

鳳仙一個撲身以微毫之差躲過，轟然的拳砸碎地面，掀起了狂沙！

此時，抓準了這巨石像攻擊後的空隙，鳳仙那雙眼緊緊盯著某處，並用左手遮蔽沙塵，讓視覺盡可能的不被影響，接著——

「池為巢水為梟，湛藍之翼振翅迢迢——」她毫不猶豫從沙塵中倏然擲出手中那湛藍之珠。

琉璃珠包裹著火焰，撲通一聲潛進了拜殿西側那池塘中。

「式神召來。」

下個剎那，數十……不、也許有數百隻！挾著水色的藍色之梟，猶如傾巢出擊一般的，從池塘中湧然飛梭而出！

連忙幾個向後翻身，鳳仙揮動著雙手，似乎在操弄什麼。

「唰！唰！唰！」

只見數十隻揮動著藍色翅膀的飛鳥，紛紛像飛蛾撲火般，各自向兩具巨石像疾梭！

目標是——

方才遭火焰灼燒之處。

最後，熱騰騰的白煙在巨石像身上四處緩升。

巨石像那應該相當堅硬的龐然身軀，竟像是壞掉般的開始解體！

受到高溫燒烤後，緊接著被水將溫度急速下降。

因著那急劇的溫度變化，岩石便變得相當脆弱……

熱脹冷縮！

這是連小學生都知道的常識。

但鳳仙卻在這樣的危急之下，還能臨危不亂的急中生智。

真是……了不起。

看著這樣的景象，休悟灰白瀏海下的臉孔不禁露出了讚嘆的表情。

然而，鳳仙那張緊繃的表情，卻毫無放鬆下來的跡象。

銜著這樣的疑惑，那些四處崩毀的碎塊很快的告訴了休悟答案。

「水對土……相性果然很差啊！」咬著牙說道，鳳仙不僅沒有鬆懈下來，反而更加緊繃著全身。

那些岩石正在迅速的重組。不到幾秒，兩尊再度成形、在光芒下被照映出巨大影子的石像！

乍然落下的巨臂，殘酷的壓上幾名靠近的紅巾眾！再度抬起已是血肉模糊。

那聳然的身軀依舊阻擋著通道，並將試圖通過者徹底摧毀。

時間正一分一秒的不斷流逝。休悟眼看著那籠罩天空的渾沌光芒越顯混濁，並且更加強烈的綻著詭譎光輝。

然而，現在卻絲毫無法前進半步。

沒救了。

已經……沒有希望了。

緊迫的壓力爬滿全身，休悟站在那彷彿要帶來絕望的巨影中。

但是，她還沒放棄。

她仍在心中堅守著「那個人」對自己的託付。

「一定要將大神休悟帶到左馬太面前。」

輕輕閉上眼睛，鳳仙再次想起那個人的囑咐。

回憶著如今只能存在於回憶中的那身影。

多麼溫暖的感覺啊……

讓人無法抗拒、無法去拒絕那樣的溫度啊……

所以，自己選擇了相信那個人的安排。

因此、只要還有那麼點機會，就一定要──

「我不會放棄的……」

鳳仙纖細的手臂一揮，盤旋在空中的數隻水色之梟，挾帶著水氣，往休悟的方向梭影而去！

她一定要完成那個人的託付！

拍動著湛藍的翅膀，數隻水色之梟從休悟身旁、耳際、背後穿梭而過！

「唰！唰！」

接著，水色之梟像是變成好幾枝箭矢般，乍然射向休悟身後的神社東側的圍牆！

「到外面去、接著從東側入口進去！快——」指著那被開了一個大洞的圍牆，鳳仙凝視著休悟猛然大喊。

而一具巨石像，此時正緩然驅動著龐大身軀，眼見沒多久就要將休悟化為一團模糊的肉醬！

「唰！唰！唰！」

疾梭著劃破了空氣，數個水藍色的身影接連撞上那龐大身軀。

就像是散落水花、灑滿水霧的機槍，不斷的衝擊著那巨石像！

「阻止左馬太就交給你了！我隨後就跟上……」鳳仙勉強的操縱著水色之梟，緊咬著牙，拚命的抵擋那深灰身軀接近休悟。

隨著殘餘的紅巾眾不停的猛烈開火掩護，鳳仙用餘光瞄向休悟那狂奔而出的背影。

「絕對不會這麼輕易就認輸的……」抹掉臉上的汗水，她嘴裡如此念念有詞。

現在還不是放棄的時候，絕對不是。

即使對手是對於鳳仙的相性來說，最難以對付的「土」，不過就算再怎麼強，那仍然只是事先設置、僅能機械式運作的「迎擊術式」罷了。

但鳳仙不同，她可是有著能夠靈活思考、能夠隨機應變的腦袋。

而這些飄揚在空氣中、濃到不能再濃的星球能量，便是能夠創造逆轉情勢機會的最佳武器！

更何況——

鳳仙那堅毅的眼神閃爍著天空光芒的餘暉。

隨著身姿搖曳著，一頭黑色的長髮微微反射著光澤。

「我對他的『愛』，可不是那麼脆弱的東西啊！」她驕傲的將胸膛挺起。

那在一片湛藍光芒中的身影，無論如何絕不放棄！

◎◆◎◆◎◆◎

就像是在逃跑一般，越過了一株又一株、在夜裡顯得有如鬼魅的樹木。

倉皇狼狽的讓身軀移動在有些擁擠的樹林之中。

「呼——哈、呼！哈！」

少年猛烈的補充著氧氣，腳步不停的移動。

而那毛茸茸的灰白尖耳，竄出了那同樣有些灰白的頭髮。

雖然跑步的體能是稍微變強了些，卻仍不及運動健將。

雖然嗅覺與聽覺是稍微變得靈敏，卻仍不及路邊野狗。

即使在力量最為高漲的滿月之下，卻只能長出一對幾乎毫無作用的耳朵。

打架的話，可能連一個一般士兵都打不過。

射擊檢定啊、戰技檢定啊什麼的都是最低分。

沒有值得讓人依賴的能力、沒有能夠拿來誇耀的才能。

即使是「人外」的一族，卻比一般人還要更加的平凡。

這就是「大神」的「最弱」。

這就是那被家鄉驅逐的「不純」。

這樣的人到底憑什麼懷抱著報仇之類的艱難理想？

這樣的人到有有什麼資格讓那麼多人抱持著期待？

所以逃吧，不要隨便浪費自己寶貴的生命了。

把報仇啊什麼的事情統統忘掉吧。

就這樣沒煩沒惱、安安穩穩的平凡活下去吧。

趕快逃吧。

「你可是大神中唯一被我選上的傢伙吶。」

「成為紅王吧，阿休。」

「阻止左馬太就交給你了！」

一邊邁開大步、一邊不斷在心中回想著。

回想著那些人對無比懦弱的自己所說的話語。

老頭啊——梧桐啊——鳳仙啊——我說你們都是笨蛋嗎？

我可是最弱耶！我可是一個徹底的廢物啊！別隨便抱著那種期望啊！

一如往常的在心中哀嘆著自己的不堪，少年不停的狂奔。

梧桐的生命、帝國士兵的生命、紅巾眾的生命……

都已經犧牲了那麼多的生命，到了最後卻還是只能這樣輕易的放棄。

大神休悟真的是——非常、非常、非常差勁！

然而……

「又想逃跑了嗎？」

那相當熟悉的聲音，掠過了無數樹影。

「像在蘭縣監獄的時候一樣，你又想逃走了嗎？」

深深竄進少年的心中，鎖住了他的腳步。

「不過，你那個時候不是回來了嗎？」

那相當熟悉的身影，像是隱隱燃燒著。

「那時候的你，甚至還救了我不是嗎？」

將那相當顯眼的存在感，烙進少年的眼簾。

「所以，請你讓我知道吧——」

「讓我知道，其實你並不是那麼的懦弱。」

被高高紮起，那束像火焰般火紅的馬尾。

置身在一片灰暗的樹影之中，火紅的瞳孔，如火的目光。

將相當龐大的武器扛在肩上，少女就站在那。

「妳……怎麼會在這裡？妳的身體還很虛弱不是嗎？為什麼不好好休養？」有些疑惑，似乎又帶著些許擔憂，少年如此問道。

「要我乖乖的待命……要我不去好好教訓那傢伙……」少女一邊移動著腳步，一邊緩緩說道。

搖曳著隨步伐晃動的紅色馬尾，少女那身姿彷彿能將這灰暗樹林點亮般的耀眼。

「我可無法忍耐啊！」最後，少女在經過少年身旁之際如此說道。

同樣承受著失去重要之人的痛楚。

同樣懷抱著讓左馬太付出代價的意念。

但少女那堅定的意念，卻和少年截然不同。

我啊、真是丟臉到家了啊……

無法直視那相較自己過於耀眼的少女，甚至不敢將頭抬起來，少年只能緊緊握拳。

那充滿羞辱的不堪，那對自己的憎恨，緊緊的在少年胸口揪成一團。

然而，卻像是想將深陷泥沼的少年一把拉出來，少女背對著少年說道——

「走吧……」

即使不知道許多的真相、即使不知道少年的秘密、即使不知道少年所背負的。

卻彷彿在激勵著少年、彷彿要少年不能就此放棄、彷彿在告訴少年還有機會。

「讓我們回到夥伴所在的地方，繼續奮戰吧。」

少女沉靜的語氣，就這樣在這相當寧靜的樹林之中，輕輕的響起。

唉……

「真是受不了啊——」

想不到呢。

「又衝動又魯莽，只懂得橫衝直撞的。」

那種感覺，竟然在我這個「最弱」的心中出現了。

「嘴上還老像這樣的，總是掛著些蠢話。」

那種感覺，叫什麼來著？……啊、是那個吧？

「真是拿妳沒辦法啊。」

總之，真是謝謝妳了啊——

◎◆◎◆◎◆◎

不久後，休悟和禮梨同時跨進了蘭之神社東側的入口。

站在由無數個鮮紅鳥居所建構而成的，那似乎看不見盡頭的遙長迴廊之開端。

背著大袋子的休悟。

將梨花扛起的禮梨。

謝謝妳給了我「勇氣」啊！

乍然現身！

此時——

將視線遙遙的穿過無數鳥居，最後聚集在彼端那個漆黑身影之上。

「唉……」哀嘆悠然的輕緩揚起。

嬌小的身軀，慵懶的倚靠在那迴廊末端、被漆成鮮紅色的鳥居梁柱。

「不能讓我打混摸魚度過嗎？」似乎相當無奈的丟出問句，飛槍丸手中那柄與身高極不相符的銀刃長槍，危險的閃爍著光芒。

眼看著那不久前曾有過一次激烈交戰的對手，禮梨謹慎的緊握梨花，踏穩腳步備戰。

「那麼就請妳把路讓開如何？」閃爍著銳利的目光，禮梨如此說道。

只見飛槍丸的背部悄然離開梁柱，用毫無架式的姿態將長槍拖在地上。

「不行，滅薪比不能休假可怕。」一邊有氣無力的說著，飛槍丸一邊迎面而來。

她的眼神就像完全沒發現休悟存在一般，直直盯著禮梨。

隨著飛槍丸的腳步踏起，禮梨立刻有了行動！

「砰！砰！」

禮梨扛起梨花，試探性的發出兩枚銀彈！

而飛槍丸只是舉起右手，看似輕鬆的用槍刃將子彈彈開。

就在同一瞬與子彈齊梭、禮梨拖曳著梨花飛步急奔！

隨著那如火般的身影在瞳孔中越來越大，飛槍丸終於改變了姿態，將左手扶上槍桿！

只見禮梨右掌一托，梨花那銳利的槍尖穿越了空隙，直擊飛槍丸胸膛！

然而，隨著飛槍丸雙腳向後一蹬、雙手一迴——

「鏘！」

彎曲著身子躍起，飛槍丸的槍尖敲上禮梨那索命的攻勢！緊接著雙腳踩上身後那梁柱作為施力點一蹬，飛槍丸操槍而出！

禮梨也隨之朝著鳥居重踢一腳，輕躍身軀加強速度的衝鋒上前！

「鏘！鏘鏘鏘鏘！鏘鏘鏘鏘鏘鏘鏘鏘！鏘鏘鏘鏘鏘鏘鏘鏘鏘鏘鏘！」

短短的幾秒，以極近的距離，禮梨與飛槍丸的槍刃在相當狹隘的迴廊中交錯敲擊，併發出了一次又一次的火花！

兩人不斷交錯的踩在那一柱柱鮮紅鳥居的梁柱上。

從迴廊一路末端交錯梭回前端，接著再從前端死命的打回末端。

那同樣危險無比的銀色槍刃，從胸膛前擦過、從咽喉邊滑過、疾速的從眼前掠過、刷啦的穿過耳際。

每次兩人在空中擦身而過的瞬間，都是一次生死一線的交鋒。

但是，就在交鋒來到了第七十一秒、第三百五十五次之際——

情況有了變化。

禮梨從梁柱上攀下，在落地的瞬間一連退了好幾步試圖拉開距離。

「呼——呼——」漲紅的臉急促著喘息，她左手用力的壓著胸口。

佇立在迴廊末端，禮梨的面容顯得相當痛苦。

即使擁有「氣」的庇護，即使擁有相當良好的肉體恢復能力，但禮梨畢竟只經過了一夜的休養，全身上下仍然充滿著無數的傷痕。

像是一次併發而出，猛烈的劇痛在一瞬間狂亂的爬滿禮梨全身。

然而，她喘息的機會還不到兩秒，飛槍丸乘勝追擊的俯身急奔而來！

就是——現在！

「砰砰砰！砰砰砰！」

火光四射、轟隆四響！

那對飛槍丸來說極其莫名的爆炸，在飛槍丸身後竄起。

「！！？」猛一轉身，飛槍丸那來不及做出反應的瞳孔，瞬間放大。

隨之，嬌小的身軀被一股重量壓迫在地！

狠狠的被從底部炸毀、因而倒塌的鳥居，緊緊從身後壓上飛槍丸，讓她感受著地面的觸感。

不過只是僅僅一秒，飛槍丸便靈敏的從其中脫身！

但是——

憑藉著那一秒的空隙，禮梨已經站在飛槍丸面前。

梨花那綻銀的槍尖頂在飛槍丸的喉頭，將冰冷的觸感傳開來。

「……」此刻飛槍丸游移的眼神，是對那莫名爆炸產生的疑惑。

不過這樣的疑惑，很快就被站在禮梨身後的那個身影解開了。

手裡握著像是控制器的東西，那個被自己忽略了存在的傢伙；有著灰白的頭髮和莫名其妙的耳飾，那個看起來很沒用——

卻讓人感覺相當勇敢的少年。

竟然在那隨時有可能受到波及、極為危險的交鋒之中移動，在恰當的位置設置了炸藥，並且在恰當的時間將其引爆。

自己輸給這兩個人了。

飛槍丸相當直接的在心中承認。

「我認輸了，不要殺我。」接著她毫不猶豫的將長槍扔在一旁。

飛槍丸攤著手，似乎對勝負一點都不在意的說道。

相較於金錢與休息時間，生命果然還是比較重要的樣子。

於是，在下一刻，重重竄上腦門的暈眩感，漸漸奪走了飛槍丸的視線。

最後映入那就要闔上的眼簾，是急急奔向迴廊末端的——

那兩個人的背影。

就算透過獸化，稍微的將肉體能力及感官能力提升……

不過，大神休悟畢竟是大神一族中「最弱最弱最弱」的那個人。

即使是在這力量應該最為高漲的滿月之下，充其量也只能長出那對一點用處也沒有、就像莫名其妙頭飾的犬耳。

因此，就算對象是負傷相當嚴重的禮梨，休悟也只能相當吃力的在她身後死命追趕。

「我說、妳的傷口、不要緊吧？」上氣不接下氣的說道，休悟相當擔心的如此問著。

「死不了。」扛著那有著顯眼體積、精緻雕紋的梨花，禮梨一點也沒讓腳步慢下來。

紅色的雙眼，凌厲的向前方瞪大，就像想快點殺到左馬太面前一樣。

事實上，原本應該待命的禮梨，對今天的行動一點了解也沒有。

她不知道所謂的「月見儀」，也不知道左馬太此刻在這神社中的原因。

不過無所謂，只要知道那傢伙在這就行了，不需要其他理由。

只要能夠讓那傢伙付出代價，只要能夠為梧桐復仇就夠了！

這樣的想法驅使著禮梨奔跑，驅使她不顧傷勢也要迢迢的來到這裡。

最後，猛然穿過了那遙長的迴廊，禮梨與休悟一前一後踉蹌著腳步，踏進那片開拓於本殿與拜殿之間，有著相當廣闊面積的廣場。

接著他們看見了——

在遙遙另一端的那光景。

「————！！」

「還是到達這裡了嗎……」

最為高聳的石柱，立在那爬滿符文的廣場中央，綻著詭譎的暗紅色光芒。

圍繞著廣場周圍，還有著許多大小粗細皆不同，散發著不同光輝的石柱。

「真是值得讚許啊——」

被束縛在那暗紅石柱之上，利吉的身軀顯得相當蒼白，呼吸也越漸微弱。

被積聚在那暗紅石柱之下，那皇族之血順著地面圖騰，流在那刻紋之中。

「不過，已經來不及了吶。」

佇立在那幾乎懸吊於夜空的最高處、綻放著銀白色光輝的滿月之下。

傲然於那片由無數的光輝螺旋交錯、有著極為混濁色彩的漩渦之下。

「『月見儀』已經完成了啊！」

那張削瘦的蒼白臉孔，剎然綻出撕裂般的狂喜笑顏。

已然完成了術儀，左馬太那浸淫在一襲深紫中的身姿狂妄的笑著！

「怎麼會……！？」彷彿全身的力氣都被抽走了般，休悟癱軟的雙腳無法繼續支撐身軀，就這麼跪倒在地。

別說要報仇、還是要阻止這傢伙的野心什麼的了，現在的自己就連要過去給他一拳也絕對辦不到。

明明從勇敢中陷進懦弱、又從懦弱中獲得了勇氣。

明明犧牲了那麼多生命、明明都已經來到了這裡。

最後卻還是落得這樣的結局。

最後卻還是什麼都沒能做到。

為什麼把自己搞得這麼累？

為了什麼特地來這裡送死？

既然如此，一開始就別抱什麼期望了嘛……

「少囉嗦。」

清澈又響亮的、屬於少女的聲線響起，像是在對左馬太說道，又像是在斥責休悟那自暴自棄的暗語。

禮梨緊緊握起的拳心裡，那無法壓抑的怒氣。

「我之所以在這裡，跟月亮什麼的一點關係也沒有。」

禮梨猛烈燃起的瞳孔裡，那無法原諒的仇敵。

「我來到這裡的理由，僅僅只是為了——」

禮梨驟然踏出的腳步裡，那無法阻擋的殺意。

「只是為了狠狠教訓你啊！」

槍尖綻銀，那被如疾風奔馳的禮梨拖曳著的梨花，在空氣中狠狠拉出一道夾雜著銀色光芒的火紅弧線！

「哦？」

嘴角輕輕上揚，左馬太那垂掛著深紫色寬袖的手臂輕甩。

「！！！」

下一瞬，像是刺穿地面的長矛，無數石筍在禮梨面前竄出！

急急停下腳步，禮梨在那差點將自己刺穿的石筍前停下，緊接著瞬間迴步。隨著腳步再度邁出，一柱石筍又極為危險的、在她身後猛然岔出！

隨時小心的提防著可能從地面出現的攻擊，禮梨不停的變換行進路線、切入角度！

最後她猛然踏上一柱石筍，緊接著使勁一蹬，讓自己的身軀在空中向前飛梭！

為了躲避來自地面的突襲，禮梨讓自己滯身於高處。

像是點踏著荷葉輕靈躍步，禮梨一次又一次的踩在石筍尖端前進。

就在此時——

那些環繞著廣場排列、有著各自顏色並且大小不一的石柱，隨著左馬太高舉的手，閃爍著不同光芒的石柱以極快的速度凌空而來，像是要圍殺般，同時朝著禮梨聚集！

撞擊！

「砰磅砰磅砰磅砰磅砰磅！」

當無數石柱在空中聚集於一點之際，其互相強烈碰撞的身軀發出巨響。

隨著這轟鳴，無數崩裂的碎石在空中紛飛，散出一片令人撩亂的沙塵！

然而——

禮梨的身姿並不在其中！

在前一秒向後方地面揮出了一道猛烈斬擊，禮梨早已藉由這反作用力再次向前推進，並且置身於更高的地方。

禮梨置身於左馬太那毫無防備的上空！

感受地面的引力再度牽動身軀的感覺，禮梨的身體逐漸向下俯衝。

那在身後被高高舉起，上頭有著精緻雕紋的深紅色銃槍——

也許禮梨本人根本沒發現，身後那盞火光是多麼的耀眼。

不過，那是在累積了無數的鍛鍊、在經歷了重重的死鬥之後，由禮梨自己所點燃的，真正的火焰。

燙得發紅的槍刃、襲捲槍身的紅蓮，禮梨手中的梨花，如今正燃起了炙熱的灼炎！

禮梨屏著息將氣從全身催起，最後凝聚集中在槍刃之上。

那是再也不虛無縹緲的、閃耀著鮮豔之火光的紅色。

「暴雨————」

禮梨同樣炙熱的目眸，緊緊盯著地面上的那個傢伙。

那個有著可恨面孔和狂妄笑顏的傢伙……

「梨花！！！」

向左馬太狠狠斬下！

斬開了沙塵、斬穿了空氣、斬碎了飛岩、斬破了夜空。

挾著滾燙氣流和燃燃熱風，火紅色的斬擊在空中飛散。

最後分化、分化、再分化。

毫無死角的暴散，宛如驟然降下的炎之豪雨。

猛烈的將左馬太、將那詭譎深紫的身影吞噬！

「呼……呼……」不停的喘息、全身的熱汗傾洩而出。輕緩的落地之後，禮梨微彎著腰，用梨花支撐那看似相當虛弱的身體。

堆積在身體上的那些深痕，從方才起就不斷的侵蝕著禮梨。過度消耗的氣與體力，應和著那些痛楚，讓她感到相當難受。

不過，禮梨的眼神並未鬆懈，她依舊死盯著在眼前燃著的那場大火。因為她並不抱著僅靠剛剛那一擊，就能將左馬太打倒的那種期望。

這是事實。

「哦？能夠掌握『氣的屬性』了嗎？還真是強悍啊。」

雖然對方只是輕緩的說著，卻是讓人感到相當刺骨的語氣。

那話語隱隱的從火焰中穿出，滲進禮梨耳裡。

「我由衷的再問妳一次，要不要加入我呢？勇敢的少女。」左馬太穿著深灰色的厚重甲冑，一步步的從火焰中踏出，每一步都讓地面綻出裂痕。

那張蒼白的狂妄臉孔，被包覆在深灰色的頭鎧之中。

「幫助我開創時代吧。」隨著猶如鬼魅的左馬太悠然說道，那深灰頭鎧乍然合上，將面容完全遮蓋。

「呿！」咂了聲嘴，禮梨再次拿起梨花，將之緊緊握在手中，雙眼緊盯著那身感覺相當堅硬的岩甲。

面對左馬太那毫無損傷的姿態，禮梨再次挺起孱弱的身軀，乍然迸出火花，「別說夢話了！」

梨花竄燒著火焰揮掃，斬上左馬太那深灰胸膛！

只見左馬太動也不動，任憑那斬擊毫無作用的烙在自己身上。

環繞著梨花的灼炎衝出，迅速竄上左馬太那深灰腹部！

只見左馬太躲也不躲，無視那突刺不痛不癢的襲上那身甲冑。

眼見此狀，禮梨仍不放棄的展開下一輪猛攻！

每一擊都試圖粉碎左馬太那身銅牆鐵壁般的防衛。

縱使火焰不斷的攀上左馬太那副身軀，接連不斷的火焰將那副甲冑燒得滾燙，然而別說要粉碎了，禮梨在那甲冑之上甚至連一絲裂痕都無法留下。

「哼。」

一聲冷然的聲息，輕細的從那副頭鎧中傳出。

突然！

隨著左馬太那握起的右掌，從禮梨身後的地面——

一臂由岩土構成的巨大深灰岩掌，轟隆的竄出地面！

緊接著，巨掌將禮梨從背後猛然握起！就像被主人緊緊握起的老鼠！

無論如何咬著牙急欲掙脫、無論如何在身軀周圍燃起炙熱火焰，但是禮梨卻怎麼也無法擺脫這深灰色的枷鎖，只能任憑那雙岩掌將自己壓迫著、牽動全身的傷痕。

發出了令人猛打冷顫的狂笑，左馬太宛如欣賞著禮梨的痛楚。

無力的燃燒著，那些火焰正一點一點的消耗著生命。

禮梨那十分痛苦的姿態，就這樣映在某雙只能在遠處看著的眼睛中……

從剛剛就一直無力的跪倒在地，只能任由顫慄爬滿全身。

無法阻止「月見儀」的少年。

無法替重要之人復仇的少年。

無法拯救那個少女的大神最弱。

就連要碰到左馬太，對他來說都是天方夜譚。

然而——

此刻的少年卻猛然抬起腳步。

此刻的少年卻奔跑在那散滿碎岩與火花的大地上。

此刻的少年竟緊緊握著那軟弱的拳，奔向那以火焰為背景的深灰甲冑。

越過了暗紅色的高聳石柱，跨過了那四處爬滿符文的地面，少年竭盡全力的跑動、驅動著自己不斷向前衝鋒。

左馬太感到有趣的看著，身體依舊動也不動，因為完全感受不到危機。

他看著少年嘶吼著面容一路狂奔，眼看就要來到自己眼前——

剎那間！數道綻著水藍色的光影，早了少年一步！

像是被投擲的槍矛一般、飛梭而來，狠狠襲上自己那身甲冑！

「嘶嘶嘶嘶嘶————」

滿載熱氣的白煙在全身四處升起。

被禮梨所點燃的火焰燒得發燙。

被那湛藍之槍的水氣急速降溫。

那由土石所構成的、深灰色的甲冑，崩、潰、解、體！

緊銜著這一瞬間——

「你這個混蛋！！！！！」

那是隨著前所未有的怒吼、大神休悟那不上不下的一拳——

狠狠揍上左馬太那張臉孔的畫面！

即使是軟弱不堪的拳頭，但加上奔跑帶來的衝力以後，依舊相當的有力。

毫無防備的承受這一拳，左馬太的身體隨著那股勁道，向後飛了約兩公尺，接著毫無懸念的陷進身後的那場烈焰之中！

同一時刻，禮梨的身軀也隨著左馬太受到衝擊，終於從那深灰岩掌之中獲得解放。

「沒事吧！？」扶持著禮梨重傷不堪的身軀，休悟如此問道。

而禮梨只是微微的點著頭，並緊緊的用手按住胸口。

「看來是……趕上了啊……」

此時，伴隨著那微弱的語氣，某個身影來到休悟與禮梨身邊。

由於使盡全力的解決那兩具岩石巨像，並接著趕來，因此來人看起來相當疲憊。

那是，在方才投出水色之矛的鳳仙。

「別隨便放棄，即使完成了術儀，但那『月見儀』可還沒真正發動啊！」鳳仙冷靜的如此說道，接著抬頭仰望。

隨著鳳仙的話語，休悟跟著將視線往天空眺望。

那團由無數個顏色交雜混合的螺旋。

那不斷凝聚著撩亂混濁光芒的漩渦。

還有在更高的天空高掛著，那無法更加圓滿的月光。

如果如鳳仙所說，「月見儀」能為左馬太帶來的是「那個」效果，那麼為何……為何這抹怪異光芒仍盤據天空？為何這異象，會在術式發動後仍然存在著？

「簡單來說就是，雖然左馬太將術儀完成了，但要真正發動還需要一段時間的醞釀。」沉穩的說出答案，鳳仙冷湛著眼神，再次從囊袋中取出了幾張符紙。

而禮梨則是僅凝著目光，看向前方那團烈焰，緊握著手中梨花。

「只要打倒那傢伙，還是能夠阻止月見儀發動。」緊握符紙，鳳仙冷冷說道。

然後，從火焰中出現了……

那道為人帶來恐懼印象的身影……

渾身冒著焦煙，那身影半彎著姿勢。

輕輕踏出火中，口中發出異樣呼息。

比起方才、大上了許多的深色肉體。

那人類的形體，卻帶著野獸的氣息。

「……！」看著左馬太那副軀體，休悟緊張的用力握拳。

雖然早就知道了，但第一次真的目睹，休悟還是害怕得不得了。

有著深深的深紫色、且幾近於黑色的毛皮，一層層包覆著身體。

金色的瞳孔、銀色的利牙與銳爪，豎起的尖耳和甩動著的尾部。

那是理所當然的吧？

「我啊，實在是很討厭自己的這副姿態。」對方用低沉的吼音說道。

即使幾乎沒有將這個樣子展示在他人面前過，然而同樣身為「人外一族」，擁有這樣的姿態也是理所當然吧。

就算身為優越的術師，但這並不代表他不擅長面對面的殺戮。

更何況，那是實力足以到達司令階級的傢伙——

那是左馬太啊！

眼見著那有著深紫皮毛的黑狼，不斷散發著象徵嗜血與殺意的氣息，禮梨與鳳仙幾乎在同一時刻，感受到那爬滿全身的危機。

「我現在真的很想把你們全部毀掉啊。」左馬太步步向前。

沒有把握打倒左馬太。

沒有把握能打倒這頭怪物。

抱持著相同的想法，禮梨與鳳仙使勁的想將腳步穩住，想阻止自己那股退卻的想法。

接著——

悄悄讓符紙在手中燃起，鳳仙微微的閉上雙眼。

轟轟的讓梨花槍尖竄燒，禮梨輕輕的閉上雙眼。

關於同一個人的種種光景，就這樣又一再的映在腦海中——

光是回憶就能讓心房怦咚的顫動。

光是回想就能感到胸口變得溫暖。

即使到了現在這個地步，卻還是相信著那個人啊。

即使到了現在這個地步，仍無法放棄為哥哥復仇。

所以……

兩人在同一刻，張開雙眼、屏住了呼吸！

「空為鏢水為矛，湛藍之槍——」

閃爍著湛藍光芒，像長矛般的水色在鳳仙手中凝聚。

無論如何，她都要守護梧桐在最後所選擇的「紅王」。

鳳仙一邊施術、一邊猛然的將休悟往後推去！

「九轉——」灼燒的紅蓮，再次從身上繞上槍尖，禮梨手中的梨花震震欲發。

無論如何，即使用盡她最後一絲力氣，也要讓左馬太付出代價。

禮梨狂搔著火焰、拖曳著梨花！

「貫空喧囂！」鳳仙擲出的湛藍之槍，精準朝著左馬太那張狼的面孔飛梭而去！

「梨花——！」禮梨挾著火勢與熱風，朝左馬太發出幾乎要沸騰了地面的一斬！

像是將周圍的空氣統統捲起，纏繞在那槍身之上。

緊凝著湛藍的光芒，那水色之矛倏忽疾飛的身影！

劃開了空氣的紅色，從禮梨全身上下竄出的烈焰！

挾著一道道猛烈風壓，隨著梨花那槍刃飛散而出！

當飛貫的湛藍、四散的紅蓮，同時交錯在左馬太身上的一瞬——

「砰——！」

炸開一道濃煙白幕！

然而——

「白費力氣！」

那銀色的銳爪，輕而易舉的將煙幕狠狠撕開！

緊接著映入兩人眼簾的，是凶然穿越煙幕的、冒著焦煙的那深紫色身軀。

左馬太在剎那間襲上！

那經過獸化、進而提升的肉體爆發力，踏破了地面捲起塵土、讓左馬太在一秒之內就欺近禮梨！

倏忽間，滿覆著紫黑色毛皮、那隻強而有力的左臂竄出，狠狠掐上禮梨喉頭！緊緊銜著上一動，左馬太的右臂隨著再度跨出的一步黑足，狠狠揪住來不及移動腳步的鳳仙！就像抓住蟲子般的輕鬆自在。

「那麼，勇氣十足的『不純』啊、身為「大神」的少年啊……」

左馬太一步步逼近休悟。

在月光與渾沌光芒的映照下佇立著，那近乎黑色的恐怖深紫身姿，他高高舉起的雙臂，左右分別承載著不同的生命，是否毀滅就在一念之間。

左手緊緊掐住背負著無數傷痕的、禮梨的喉嚨。

右手緊緊扣牢著疲憊攀滿全身的、鳳仙的喉頭。

「快告訴我吧，如今你還能做些什麼呢？」

左馬太來到了休悟的面前。

黑色的「大神」，在月下低語著。

向渾身顫抖的「最弱」如此問道。

「……」休悟一步步向後退卻，雙眼似乎無力的盯著，盯著那在自己眼中相當強悍的少女們，如今卻虛弱的將生命懸在那銀色銳爪之下。

像是意識到了自己什麼也做不了，休悟只能一步步的，不斷退著步伐。

左馬太就這樣舉著少女們，一步步緩步前進。

那力量壓迫著少女們的喉頭，連同呼吸、一吋吋的將意識也帶走。

而無能為力、退卻著步伐的休悟，緊盯左馬太那逐漸逼近的身影，試著想像鳳仙所說的「月見儀」發動之後，可能將發生的種種情況……

所謂的術師，是一群能夠操控星球能源、也就是「氣」的人們。

就像人的身體中，擁有讓氣流動的脈絡、擁有「經脈」一樣。

如果將星球視為一個巨大的生命體，在地球上流動的大量的氣所構成的路徑，就被稱為「靈脈」。

如同醫師能夠藉著對經脈上的穴點下功夫，來達到使人體狀態發生變化的效果，同樣的，術師也能透過對靈脈下手，去改變環境，讓環境達到自己想要的狀態。

例如改變住宅的風水，藉以增加自己的運勢。

或者藉著術式，在職場中建構出阻礙厭惡之人發展的環境。

將環境變得對自己有利、製造出詛咒敵人的環境。

所謂的「月見儀」，其實就只是建立在如此簡單的基礎上。

「很快的，在『月見儀』發動之後，時代便會毫不猶豫的向我傾倒——」左馬太張揚著那並非不可能的妄語。

然而，端看這術式影響力的範圍及發揮程度，即使架構於如此簡單的基礎之上，也能變得相當危險。

在人體經脈中，有個象徵著全體「統合性」的重要穴位。

能夠影響著人體全身的那穴位被稱為「神庭」，在印度則稱為「頂輪」。

而若將散布在整片亞洲的靈脈視作一個極為巨大的人體經脈，那象徵著「神庭」的所在之處，就位於這高砂地方。

而蘭縣——便是高砂的「頂輪」啊！

「面對無法撼動的我、將開創大神之時代的我——」左馬太宣揚著屬於自己的未來之光景。

在八百多年前第一次被發動，開啟了屬於武士的幕府時代。

在一個世紀以前由皇族第二次發動，將時代再度握回手中。

而如今的左馬太——

將象徵詛咒對象的「皇族」作為祭品獻儀。

由象徵著「大神一族」的自己來發動術式。

那是由千年前那個大神一族的「不純」所創造的，足以顛覆帝國之王權、甚至將影響力擴及至整片亞洲的——

最為龐大的風水術！

「少年吶、你還能做些什麼？」

令人發寒的狂喜，在左馬太那野獸臉孔上渾然綻開！

感受著這股顫慄，休悟束手無策。

事實上，此刻休悟根本就一點也不在乎「月見儀」是不是會發動。

無論是誰要掌握那狗屁霸權都無所謂，那和他一點關係都沒有。

此刻令休悟感到無比痛苦、無比悔恨的，是沒能替治奧洗刷罪名、無法替那老頭報仇，自己就必須死去的事實。

任何奇蹟都沒有發生。

彷彿印證著這個事實，休悟那一再向後退卻的腳步，此時卻無法再移動一分一毫！

發涼的背脊彷彿靠上了什麼，耳邊接著傳來屬於金屬摩擦的聲響。

「哎呀呀，你可不能再繼續退後嘍。」

耳際傳來那帶著嘲諷笑意的話語。

接著，從頸部兩側伸到眼前的，是在十指上配戴著的利刃。

爪磨鬼正在休悟身後。

「總之，會有點痛的呦——」

隨著爪磨鬼那刺骨的言語竄進休悟的耳中……

「嗚！嗚啊啊啊啊！」休悟發出宛如身陷煉獄的慘痛哀號。

他感受著從左胸傳來的劇烈痛楚，看著那狠狠掏進左胸之中的利刃之手。

「啊！啊、啊……」嘴裡嘔出了鮮紅，眼裡已然一片模糊，休悟感覺到意識正隨著痛楚一點一點被抽離。

最後映入眼簾的畫面，是爪磨鬼猛然拔出胸口的那隻手上、輕輕握著的——

自己那微微跳動的心臟。

「……」那感到相當乾涸的喉嚨，再也無法發出哀號。宛如全身的力氣都被抽走了，休悟在下一秒癱軟的倒下。

無法說出的悔恨，緊緊揪在心頭……不，現在休悟的心臟，已經不在那副軀殼之中了。

爬滿了全身那太過強烈的痛楚，反而讓休悟失去了所有感覺。

一呼一吸的氣息，隨著不斷流淌的血紅越來越微弱。

最後，休悟就這麼無聲的慢慢闔上眼，置身在那從胸口湧出的一片血泊之中。

「啊——真是抱歉啊大人，看見這小子那麼無助的模樣，忍不住就好心的送他上路了呢。」嘴上說著聽起來似乎相當慈悲的話語，爪磨鬼卻是一臉愉悅的笑容。

「無妨。」挺著深紫色的龐然身軀，左馬太移動著視線。

傲然挺立在那皎潔銀亮的渾圓滿月之下。

站在那術式即將真正完成的，一團混濁的光之漩渦之下。

左馬太再次將目光，放到那被自己握起的、已然失去意識的少女們臉上。

「接著，作為等待的餘興節目，該先送誰上路呢？」左馬太仰著面容暗道。

「這樣就行了吧……」

細聲吟著讓人聽不見的低語。將停止顫動的、屬於休悟的心臟隨手扔在一旁，爪磨鬼緩然動身，最後讓身影消失在一片黑暗之中。

「梧桐——」

◎◆◎◆◎◆◎

鮮紅色的血痕，像是塗鴉般凌亂的爬滿全身。再也無力去使用任何一吋肌肉，就連想將手指伸起都做不到的他，癱坐在一片漆黑的野獸屍軀之中，那之間似乎還夾雜著夥伴的屍體。

耗盡了力氣，拉厚克空洞著眼神，刺在全身的圖騰再也發不出半點光芒。

任憑「精靈之力」不斷的強迫著自己的身體，持續的將全身以瀕臨、甚至超過承受極限的狀態運作，最後那副壯碩的黝黑身軀已經完全無法動彈了。

即使死命的戰鬥、守護著夥伴們的背影。

即使不顧一切的、打倒了那麼多的敵人。

然而，卻依然存在著好幾雙金色瞳孔，挾著濃濃殺氣的緊盯著拉厚克。

眼看著那些獸化的暗殺者紛紛踏出黑足，再度揚起無比銳利的尖爪向自己襲上，但是他已經無力反擊了。

下一瞬，無數銳爪宛如要集體將拉厚克斯碎般，與像要將拉厚克淹沒的黑潮，在同一刻來到四周。

然而，卻忽然在同一個剎那，紛紛停下！

因著不知名的原因，好幾個身影同時在拉厚克的身邊跪倒。

那些大神一族的暗殺者們，一個個看似相當痛苦的掙扎著、倒臥著、翻滾著、哀號著。他們緊抱著身軀、拍打著地面、緊咬住牙根，最後統統失去了狼的形貌。

大神一族們這莫名的異變，接連在拉厚克身旁上演。

下一幕映入拉厚克眼簾的是——

彷彿將全世界的光芒竊走，那樣無窮無盡的深深深黑。

同一瞬間，這黑暗重重的將左馬太籠罩！

「！！！！」

原本渾沌的交雜著各種顏色，那盤在天空的詭異混濁螺旋，在此刻卻像是被吹散的霧氣一般，在天空中猛然散去！

不！事實上，那光之漩渦並不是最先消散的。

有某種存在，早一步在那些光芒之前消失。

「啊啊啊——！？」

難以承受、難以言喻的壓迫感，狂暴突來的壓在左馬太全身每一吋，有如擠壓著身體的每一吋肌肉、壓迫著軀體中的內臟。

就像是強迫性的奪走全身力氣，硬將自己的力量卸下。

感受著這樣的痛楚，左馬太猛然全身無力癱軟。

那原本被高舉在手中的少女們，也隨之落地。

左馬太驚恐的抬頭，看著那漸漸陷入一片漆黑的天空。而他的身軀正在發生著異變，正在迅速的還原為人類之軀體。

消失了。

那高懸的光輝正像被奪走般消散。

那渾圓的型體正在失去應有輪廓。

猶如正在被一點點的吞噬。

宛如粉碎成許多光點飄散。

月亮消失了。

左馬太置身在那彷彿萬里深黑的一片無月之地中。

卻發現眼前出現了從未見過的，一縷光芒。

「這是——！？」

腳步無法移動，全身無法動彈，左馬太只能看著那縷光芒，正確實的在黑暗中渲染著、成形著。

無比耀眼的、無比純白的、宛如星星一樣明亮、卻又乾淨無瑕的白色光芒。

緩緩的出現了四肢，慢慢的顯露了巨大的身軀，漸漸的閃爍出銳利的目光。

光是看著就令人感到不可侵犯，就算緊閉起雙眼也能清楚看見那樣的存在。

像是由無數的螢火蟲聚集在一塊、像是披著潔白的雪踏出黑暗。

那逐漸擁有清晰外型的巨大輪廓，以居高臨下的姿態向下俯視。

俯瞰著左馬太，俯視那張從未如此恐懼過的削瘦面容。

那是再也無法更加無瑕的——

一匹白狼。

最後，在無盡黑暗的無月之地中，綻放了撼動大地的咆吼！

◎◆◎◆◎◆◎

輕緩的移動著眼皮，將眼睛睜開後便看見了月光。
那身軀就這樣靜靜躺著，彷彿在思慮自己是否身在地獄。
看見天空恢復一片寂靜的夜幕；耳際，聽不見喧囂的雜音。
聽不見有人說話的聲音，只有微風吹動樹葉的聲音溫柔傳來。
用手掌體會著那堅硬的地面，確認了自己仍有觸感。
支撐著感覺相當疲憊的身體，吃力的慢慢從地面爬起。
雖然看見染了自己滿身的血紅，但卻無法在自己身上找到任何傷口。
那麼，自己在失去知覺前發生的那些事、那些劇烈的痛楚，都只是幻覺？
無論怎麼在腦裡周旋著疑問思考，卻始終無法得到答案。
就在此時，因為想起了重要的事，所以只好暫時拋下解不開的謎題。
接著，像是在尋找什麼一般，踏起蹣跚的步履。
走在爬滿刻紋、四處散落著碎石與火光的大地上。
最後，在不遠處看見了那渴望見到的身影。

緊接著，使勁的移動腳步，讓自己來到她們身旁。
如同熟睡一般的倒臥在地，少女們的臉龐仍有氣息。
在仔細的確認過後，才像是感到相當放心的癱坐在地。
不過，那稍稍放鬆的面容，隨即又立刻警戒著。
晃動灰白的瀏海、彷彿在探望著四周尋找敵人蹤影。
然而，雖然不知道原因，但敵人卻消失了，無聲無息的消失在這裡。
而在不遠處的暗紅色石柱上，倒是有個只剩微弱呼吸的傢伙被束縛著。
盤腿坐著，將右手撐著下巴，一副正在努力思考的模樣。
過了幾秒，像是做出決定的驟然起身，走向那有些反感的身影。
蒼白著面色，由於出血超過了百分之二十，那個傢伙已經休克了。
雖然還有生命跡象，但若不馬上接受治療，恐怕也離死亡不遠了。
不過在此之前，得先讓那兩個少女安然離開這裡。
迅速的從口袋中掏出手機，將電話撥給了在據點待命的夥伴們。
「立刻派人到蘭之神社，這裡有需要緊急治療的夥伴！」
操弄著不屬於自己的聲線，如此慎重的下完指令後便掛上電話。
接著迅速的、觸動著手機按鍵，撥出了另一個電話號碼。
「總督府嗎！？我救出了利吉殿下，殿下現在身受重傷，必須馬上進行治療——」

移動著唇舌、操弄著急迫的口吻如此對話筒說道。

「咦!?我是誰——?」

聽見那充滿懷疑的質問，話語不禁停頓了下來。

最後，在瞬間做了最為短暫的思考——

「治奧梧桐……」

少年嘴角微微綻出一抹微笑。

「我的名字是治奧梧桐!」

後日談

新的生活

「妳看妳看、那邊那個黑頭髮的男生……」

「咦咦咦？他不是有在電視上出現過嗎？」

「是他沒錯吧？在兩個月前拯救利吉殿下的人？」

「絕對是啦，他就是跟殿下關係很好的那個年輕軍官啊！」

「真的嗎！？這種名人居然在我們學校，是轉學生嗎？」

「沒錯沒錯、我記得他好像……好像叫治奧梧桐的樣子。」

「我想起來了！他好像是那個英雄、那個治奧竹光的義子。」

「咦——感覺超級厲害的耶！」

嘛、雖然我不是什麼性格浮誇的人啦！

不過聽到那麼多女高中生、在走廊竊竊私語的討論著自己——

還是會超級開心的啊！

可惡！都是因為這陣子太多雜事要處理，因此拖到現在才能入學。

不然的話，就能更早享受這樣的愉悅氣氛啦！唉……

說起來，雖然不是成為教官而是學生。

不過如今，也算是完成被女高中生圍繞的夢想了呢！

在這被溫暖陽光照耀的午休時間，走在相當明亮整潔的校舍走廊，少年穿著看起來相當高貴的制服。

這是位於北都、僅有富裕的帝國子民才能就讀的私立貴族高校。

臉上漫著相當愉悅的神情，少年踏著一派輕鬆的步伐，走向學生餐廳。

話說，就算到了現在，只要一回想起兩個月前的那些事，還是感到相當驚險啊！

仔細想想，比起能夠這麼悠悠哉哉的現在，那些事根本就是一場超級惡夢啊！

結果，到了最後還是沒找到左馬太，就連屍體也沒有，根本就像從地球上蒸發了。

還有那個時候、我看到那「關於自己的心臟被掏出來」的幻覺也還是個謎呢……

為什麼覺得是幻覺？

因為我的心臟根本不在左邊啊！

在那之後經過鳳仙的檢查，我才知道我是所謂的什麼「器官異位者」。

所以，心臟其實是長在右邊才對！

唉——活了十七年的歲月竟然完全不知道。

我到底在幹什麼啊我？

踏進了有著相當大的面積、並且裝潢優雅的學生餐廳，少年隨便找了個位子坐下，一副在等著什麼人的樣子。

此時，在餐廳中一角的那個大型液晶螢幕，正播放著午間新聞。

像是要打發等待的時間，少年用手撐著下巴，將視線輕輕望去。

「各位現在看見的是本臺記者在蘭縣拍攝的畫面。」

隨著主播那充滿抑揚頓挫的語調，畫面中出現了許多像是在重建的街道。

哦——

「如今被紅巾軍勢所掌握的蘭縣似乎已重建完成，並且遷入許多來投靠的高砂人。」

從新聞播放著的畫面中，少年看見了許多人們的微笑，自己也輕輕揚起了微笑。

大家看起來都很開心呢，這兩個月做的果然沒有白費啊！

「並有消息指出，許多零碎的反抗勢力在近日紛紛併入紅巾軍勢，使其不斷壯大。」

操弄略帶擔憂的語氣，新聞主播似乎相當沉重的說著。

唉——那些一窩蜂嚷嚷著加入的申請超麻煩的啊。

「面臨如今占據高砂東部的反抗勢力，代理總督一職的皇子利吉殿下的能力受到質疑，恐怕將遭皇室撤換——」

這時候畫面上出現了在總督府前被許多記者團團圍住、面有難色的利吉。

快換掉他吧！幾乎每天都得拍那傻瓜皇子的馬屁，我都快煩死了！

此時，被某個耀眼的顏色吸引了注意力。少年將臉別到一旁，看向那穿著體育服、緩步走進學生餐廳的身影。

「妳還真是慢吶，我在這裡都不知道等了多久……」凝視著那個身影，少年語氣有些無奈的說道。

那是將一頭耀眼紅髮束起、搖曳著馬尾走來的少女。

「今天去幫忙田徑部參加了比賽，花了點時間。」少女一邊輕緩說道、一邊坐下。

藉由少年的人脈關係，她早了少年一個多月來到這間高校。這名身為運動健將的少女，如今似乎已經是各大運動部社爭相邀請協助的對象。

「那個……對青春洋溢、悠閒自在的學校生活，有什麼感觸嗎？」如此問著，少年臉上的表情像是在期待少女的感謝。

「沒有。」冷淡的回答，無視一臉失落的少年。少女將那有些嚴肅的面孔，投往電視機的方向。

新聞正播放著站在群眾前激昂發言，紅王那有如火焰燃燒的身姿。

赤紅的奇蹟，高砂的亡靈。

光是存在就能振奮人心、光是一句話就能驅動上萬高砂人民。

端詳著少女那張注視著新聞的側臉，少年巴不得現在就大聲的炫耀自己就是那奇蹟。

緊接著，緊急插播的新聞打斷了少女注視著的影像。

「這是剛才來自於本島的消息，皇室方面已決定由第四皇子前來高砂，取代利吉殿下高砂總督的職務。」

第四——皇子？

「以下是，由第四皇子彌喜殿下所帶來的畫面及發言——」

下一刻，出現在大型液晶螢幕中，那張帶著高貴氣質的俊美臉龐，緩緩的對著鏡頭送出那些話語。

「我是第四皇子彌喜，各位高砂的人民、各位反抗分子你們好。」

那張俊美的臉孔，年紀看起來就和少年差不多，不過散發的氣息卻是與眾不同。

「在此，我有些話想帶給『紅王』——請好好等待吧、紅王。」

優雅的語調，有著超越年紀應有的成熟感覺，那些話語透過電視傳向少年。

「等待著我將你打倒、並將高砂平定吧。」

——！

隨著那樣的宣言，皺起眉的少女、滴下冷汗的少年，就這樣相當默契的互相看了對方一眼。

「唉……」最後，少年無奈的輕輕嘆息，「看來，又要有一堆麻煩事了啊……」

《紅蓮梨花　大神的潛入者》全文完

陳詞懶調 × PieroRabu
回到過去
BACK TO THE PAST
TO BECOME A CAT NO.1
變成貓
明明如此愛本喵，
還不快帶本喵一起回家！
喵～
一隻貓是怎樣生活的呢？ 餓了吃飯，睏了睡覺，在外撒歡，在家搗蛋！喵嗚～
沒養過貓的您，先來嚐鮮看看喵星人的日常～
有養過貓的您，更不能錯過這部人變貓的喵星人歷險記！！！
首刷附贈精美明信片、以及萌翻天小動物擬人圖！
典藏閣
華文聯合出版平台
www.book4u.com.tw
采舍國際
www.silkbook.com
不思議工作室_
立即搜尋
版權所有© Copyright 201

vol.01
紅心冒險
Hearts Dreamland
Novel & Illust 重花
羊角書系 第二彈
輕小說插畫名家——重花（麻紀）老師
繼《神臨誌記》再次挑戰長篇小說！
好奇心爆棚的少女遇上了在圖書館出沒的紅心王子
一場在現世與異界穿梭的奇幻旅程就此展開——
您，準備好與重花老師一起遨遊鏡之國了嗎？
羊角
典藏閣
華文聯合出版平台
www.book4u.com.tw
采舍國際
www.silkbook.com
不思議工作室
立即搜尋
版權所有© Copyright 2015

不可以用超能力談戀愛
Yes?No? Don't Use Superpower!
ILLUST Flyking
不可以用超能力談戀愛 01
Yes?No? Don't Use Superpower!
全套2集，全國各大書店、網路書店、租書店，持續熱
賭上戀愛遊戲之神
的戰爭即將開始！
全套2集，一起來攻略超能力美少女！
典藏閣
華文聯合出版平台
www.book4u.com.tw
采舍國際
www.silkbook.com
不思議工作室
立即搜尋
版權所有© Copyright 2

羊角系列 011

紅蓮梨花　大神的潛入者

出版者■典藏閣
作　者■KILO　　繪　者■久木
總編輯■歐綾纖

製作團隊■不思議工作室

郵撥帳號■50017206 采舍國際有限公司（郵撥購買，請另付一成郵資）
台灣出版中心■新北市中和區中山路 2 段 366 巷 10 號 10 樓
電　話■(02) 2248-7896　　傳　真■(02) 2248-7758
物流中心■新北市中和區中山路 2 段 366 巷 10 號 3 樓
電　話■(02) 8245-8786　　傳　真■(02) 8245-8718
ＩＳＢＮ■978-986-271-633-5
出版日期■2015 年 12 月

全球華文國際市場總代理／采舍國際
地　址■新北市中和區中山路 2 段 366 巷 10 號 3 樓
電　話■(02) 8245-8786　　傳　真■(02) 8245-8718

新絲路網路書店
地　址■新北市中和區中山路 2 段 366 巷 10 號 10 樓
網　址■www.silkbook.com
電　話■(02) 8245-9896
傳　真■(02) 8245-8819

☞您在什麼地方購買本書？☜

1. 便利商店（________市／縣）：☐7-11　☐全家　☐萊爾富　☐其他________

2. 網路書店：☐新絲路　☐博客來　☐金石堂　☐其他________

3. 書店（________市／縣）：☐金石堂　☐蛙蛙書店　☐安利美特animate　☐其他____

姓名：________地址：________________

聯絡電話：________　電子郵箱：________________

您的性別：☐男　☐女　　您的生日：西元________年________月________日

（請務必填妥基本資料，以利贈品寄送）

您的職業：☐上班族　☐學生　☐服務業　☐軍警公教　☐資訊業　☐娛樂相關產業

☐自由業　☐其他________

您的學歷：☐高中（含高中以下）　☐專科、大學　☐研究所以上

☞購買前☜

您從何處得知本書：☐逛書店　☐網路廣告（網站：________）　☐親友介紹

（可複選）　☐出版書訊　☐銷售人員推薦　☐其他________

本書吸引您的原因：☐書名很好　☐封面精美　☐書腰文字　☐封底文字　☐欣賞作家

（可複選）　☐喜歡畫家　☐價格合理　☐題材有趣　☐廣告印象深刻

☐其他________

☞購買後☜

您滿意的部份：☐書名　☐封面　☐故事內容　☐版面編排　☐價格　☐贈品

（可複選）　☐其他

不滿意的部份：☐書名　☐封面　☐故事內容　☐版面編排　☐價格　☐贈品

（可複選）　☐其他

您對本書以及典藏閣的建議________________

____

____

✌未來您是否願意收到相關書訊？☐是　☐否

感謝您寶貴的意見

印刷品

請貼
3.5元
郵票

235 新北市中和區中山路二段366巷10號10樓

華文網出版集團　收

（典藏閣－不思議工作室）

紅蓮梨花
TAKASAGO PROJECT
大神的潛入者

NOVEL KILO
久木 ILLUST